世界毒枭

Translated to Chinese from the English
version of
Drug Lords of the World

Dr. Binoy Gupta

Ukiyoto Publishing

所有全球出版权均由

Ukiyoto Publishing

发布于 2023 年

内容版权所有 © Binoy Gupta 博士

ISBN 9789360161330

版权所有。

未经出版商事先许可，不得以任何方式（电子、机械、复印、录制或其他方式）复制、传播本出版物的任何部分或将其存储在检索系统中。

作者的精神权利已得到维护。

出售本书的条件是，未经出版商事先同意，不得通过贸易或其他方式出借、转售、出租或以其他方式流通本书，不得以任何形式的装订或封面形式（除原版外）。发表。

www.ukiyoto.com

内容

介绍 1

酒精与阿尔·卡彭 4

金三角 21

谢志洛 亚太最大毒枭 33

金新月 45

麦德林和卡利贩毒集团 50

墨西哥贩毒集团 66

华金·矮子·古兹曼 87

巴西毒枭 94

印度毒枭 107

关于作者 111

介绍

毒枭和卡特尔一直让我着迷。它们几乎就像平行政府一样——专业运作，但更加残酷。这一切都始于酒精和禁令。

酒精和麻醉品是令人上瘾或形成习惯的药物。几个世纪以来，这些物质一直被用于医疗目的。它们被用于成瘾，但数量微不足道。在现代，对它们的成瘾已成为大多数国家，尤其是发达国家的主要关注点。

非法贩运麻醉药品产生了大量资金。这些钱被用来贿赂、腐败、威胁甚至杀害政客和政府官员。这催生了阿尔·卡彭、坤沙、赵尼来、包友祥、劳塔·桑利、魏学康、阿富汗哈吉·巴希尔·努尔扎伊、诺列加将军、巴勃罗·埃斯科瓦尔、大毒枭格里塞尔达·布兰科、阿富汗的费利克斯·加拉多等毒枭。墨西哥、Joaquín El Chapo Guzman、Ng Sik-ho、Tse Chi Lop 等。他们还创建了麦德林和卡利卡特尔、锡那罗亚卡特尔等贩毒集团。巴西进入这一领域较晚。毒枭财大气粗，心狠手辣，权力巨大。他们可以让任何人——包括警察、军队和司法部门——受到攻击和杀害。

与此同时，由于打击麻醉药品的斗争正在国际层面上进行，因此必须对大部分非法资金进行洗钱以隐藏资金来源，从而造成无数问题，需要巧妙的解决方案。

许多毒枭都树立了罗宾汉式的形象，经常帮助穷人和有需要的人。他们的故事已被改编成轰动一时的电影和电视剧。畅销书都是关于它们的。

发达国家正在花费巨额资金和资源来对抗这种威胁——停止生产各种毒品；抓捕并处罚生产者、经销商和零售商；并对习惯者进行治疗和康复。打击麻醉药品是美国和欧洲等国家最重要的社会优先事项之一。

印度并不落后。近年来，印度的缉获量以及由此而来的毒品进口量成倍增加。毒品已成为一个严重的问题。这需要付出更多、更大的努力来制止这种交易、抓获并惩罚罪犯以及治疗瘾君子。

2021年9月15日，印度税务情报局（DRI）在古吉拉特邦蒙德拉港扣押了两个集装箱，理由是秘密情报显示其中含有毒品。

这些集装箱源自阿富汗，该国于2021年8月15日被塔利班接管。该批货物已从伊朗阿巴斯港运往古吉拉特邦蒙德拉港。这批货物被申报为来自阿富汗的半加工滑石。这些集装箱是由安得拉邦维杰亚瓦达的一家公司进口的。毒品正运往新德里。两人因此次扣押被捕。国家调查局（NIA）已接手调查，目前正在进行中。

DRI官员查获2,988公斤（6,590磅）海洛因，价值估计为100卢比。2100亿卢比。这是印度迄今为止查获的最大宗毒品案件。目前尚不清楚这是否是第一批货物，还是之前有更多货物通过该港口进入。

印度至少从15世纪起就开始种植罂粟。当莫卧儿帝国衰落时，英国东印度公司垄断了罂粟种植。到1873年，整个贸易都受到政府控制。

印度独立后，鸦片种植和贸易移交给印度政府。该活动受到《1857年鸦片法》、《1878年鸦片法》和《1930年危险药物法》的控制。目前，罂粟和鸦片的种植和加工受《麻醉药品和精神药物（NDPS）法和规则》的规定控制。

由于潜在的非法贸易和成瘾风险，罂粟种植在印度受到严格监管。该作物只能在中央邦、中央邦、北方邦和拉贾斯坦邦22个地区中央政府通知的土地上播种。

政府通过卫星图像严格监控罂粟的种植，以检查是否有非法种植。一旦农作物成熟，政府官员就会制定出产量应为多少的公式。然后，全部数量由政府购买，并在北方邦加齐布尔和中央邦尼穆奇的政府鸦片和生物碱工厂进行加工。吗啡、可待因、蒂巴因和羟考酮是从罂粟中提取的。尽管是全球为数不多的罂粟种植国之一，印度仍然进口这些活性药物成分以及罂粟种子，罂粟种子在该国也作为食品消费。

印度向私营企业开放了严格监管的鸦片生产和加工部门。在试验阶段，位于马哈拉施特拉邦塔那的 Bajaj Healthcare Ltd. 是第一家中标生产浓缩罂粟杆的公司，这种罂粟杆用于提取生物碱，生物碱是止痛药和止咳糖浆中的活性药物成分。政府将提供罂粟杆。Bajaj Healthcare Ltd. 将在其位于巴罗达附近 Savli 的工厂加工 6,000 吨未开封的罂粟胶囊和鸦片胶，以在未来五年内生产活性药物成分。2022 年 11 月 23 日，Bajaj Healthcare Limited 宣布在印度古吉拉特邦 Savli 开设新的鸦片加工生产线并开始试运行。

政府已拉动私营部门提高吗啡和可待因等各种生物碱的国内生产，但这些生物碱仍需进口。这也意味着进口减少。此举还旨在抵消2017年和2019年印度罂粟种植面积下降的影响。这可能是卢比。100亿卢比的业务，未来潜力更大。

在这本小书中，我写了关于酒精和不同成瘾药物的文章；了解一些最大的毒枭和贩毒集团；提及

国际层面为遏制毒品贩运所做的努力，并涉及印度的麻醉品法。

酒精与阿尔·卡彭

酒精是最古老、使用最广泛的成瘾药物。如今，西方世界的几乎所有庆祝活动都会用到酒精。其广泛使用的原因是其易于生产。当任何含糖果汁（包括果汁）在温暖的空气中放置几天时，空气中存在的酵母会将其发酵成酒精饮料。

人类还了解到，当咀嚼玉米等淀粉类谷物并将其吐入水中时，唾液中的淀粉酶会将淀粉转化为糖，而大气中的酵母将糖发酵成酒精。

9000 年前，中国人就用大米、蜂蜜和水果酿造了一种酒。我们在 5000 年前撰写的《阿育吠陀》中找到了有关使用酒精饮料的详细信息，以及习惯性中毒的后果。我们找到了大约 4000 年前苏美尔医生在泥板上写下的酿造啤酒的处方。

在印度，*棕榈酒*或棕榈酒在全国各地都很常见。它被视为 neera 或 patanīr（一种从新鲜汁液中提取的甜味非酒精饮料），或 kallu（一种由发酵汁液制成的酸味饮料）。发酵饮料中的酒精含量在3%到6%之间——大约是啤酒的浓度，但不如葡萄酒的浓度。

糖转化为酒精和二氧化碳的发酵过程仅持续到糖含量耗尽或酒精含量达到 14%（体积）为止。一旦达到这个浓度，酵母就无法生存，发酵就会停止。

公元前 800 年左右，阿拉伯人贾比尔·伊本·海扬（Jabir Ibn Hayyan，生于：约 721 年，卒于约 815 年）发明了蒸馏技术。此后，制备更浓缩、更烈性的酒精饮料成为可能。

乡村酒或印度制造的印度酒（IMIL）或 Desi daroo 是印度次大陆乡村生产的一类酒。它是由甘蔗副产品糖蜜发酵和蒸馏而成。它们传统上是通过传承了几个世纪的程序来制备的。由于价格便宜，乡村白酒是最受贫困群众欢迎的酒精饮料。它包括合法和非法生产的当地酒。 据估计，印度消耗的酒精近三分之二是乡村酒。由于乡村酒比其他烈酒便宜，有报道称印度许多酒吧将乡村酒与苏格兰/英国威士忌混合。
https://en.wikipedia.org/wiki/Desi_daru – cite_note-12

如果在蒸馏过程中不小心且未使用适当的设备，杂醇醇、管道焊料中的铅和甲醇等有害杂质就会达到有毒水平。据报道，印度有几人因饮用非工厂生产的有毒酒而死亡。

印度果阿邦有自己的本土酒芬尼（也称为芬诺或芬尼）。两种最受欢迎的芬尼类型是腰果芬尼和椰子芬尼，具体取决于蒸馏中使用的成分。然而，还有其他几种品种和更新的混合物可供选择。Feni 的酒精度在 42% 到 45% 之间，比较烈。

历史表明，几乎每个社会都容忍至少一种成瘾药物

同一个社会鄙视其他社会所容忍的毒品。墨西哥印第安人强烈厌恶酒精。醉酒出现在公共场所的处罚是死刑。但同样的墨西哥人却容忍了更有效的致幻剂麦司卡林。大多数穆斯林文化都禁止饮酒，但他们并不认为使用大麻和鸦片是令人反感的。

酒精成为欧洲和受欧洲文化影响的其他国家选择的麻醉剂。酒精开始与各种活动、各种庆祝活动联系在一起——圣诞节、新年、复活节、生日和葬礼、结婚和周年纪念日。每一个快乐的时刻都必须有酒相伴，每一个悲伤的时刻都必须被酒淹没。

到了十八世纪，酗酒现象的日益增多开始引起各国不同地区的警惕。我们现在将搬到美国

美国帮派的兴衰　美国的大帮派诞生于1820年代，一直持续到第一次世界大战结束。他们的活动主要有两个领域：-

i) 实施暴力犯罪；和

ii) 充当大城市政治机器的恶霸。

到1914年，这些暴力团伙几乎被消灭。

美国引入禁酒令　　　-　　　1919　　　年沃尔斯特德法案 2018年11月第一次世界大战结束后，酗酒问题变得如此严重，以至于美国人开始呼吁禁酒。有些州是"干旱"的，但最高法院裁定国会拥有监管州际交通的专属权力。因此，任何人都可

以从邻近的"湿"州带来酒并以"干"州出售,只要他不改变其原始包装和标签。这导致了宪法第十八修正案以及 1919 年《国家禁酒法》(俗称《沃尔斯泰德法》)的颁布。

自 1920 年起生效的《沃尔斯特德法案》禁止制造、运输和销售醉酒,醉酒定义为按体积计算醉酒含量超过 0.5% 的任何液体。《沃尔斯泰德法案》规定,"除非经本法授权,任何人不得制造、销售、易货、运输、进口、出口、交付、提供或拥有任何醉酒",但并未明确禁止购买或消费醉酒。

芝加哥黑帮 - 阿尔方斯·加布里埃尔·卡彭 芝加哥也有犯罪团伙。芝加哥最著名的黑帮头目是阿尔方斯·加布里埃尔·卡彭,俗称"疤面煞星"卡彭。1925年至1929年,阿尔·卡彭移居芝加哥后,享有全美最臭名昭著的黑帮地位。他在公众中树立了一定的形象,这使他成为人们着迷的对象。他穿着定制的西装,抽昂贵的雪茄,品尝美食和饮料,享受女性的陪伴。他尤其以其华丽而昂贵的珠宝而闻名。阿尔·卡彭仍然是 20 世纪最臭名昭著的黑帮之一。他是众多书籍、文章、电视剧和电影的主题。连续几位黑帮都试图效仿他。

阿尔·卡彭因与一名女孩发生口角而被恶棍弗兰克·加卢西奥用刀刺伤,留下了左脸上的巨大疤痕,因此被冠以"疤面煞星"的称号。阿尔·卡彭经常声称他是在服兵役期间受伤的。事实是他从未参军。令人惊讶的是,在后来的几年里,阿尔·卡彭任命加卢西奥为他的私人保镖。 黑手党 与普遍看法相反,阿尔·卡彭与黑手党没有关系。Mafia一词代表*Morte Alla Francia Italia Anela* (意大利语中的意思是*法国之死是意大利的呐喊*)。Mafia 的缩写是 1860 年代在西西里岛成立的一个秘密社团,旨在对抗威胁意大利自由的法国军队。后来社会不再关心爱国主义,而越来越关心权力和金钱。黑手党被组织成家庭,并受到其领导人的严格纪律控制。他们发誓保持沉默,违反誓言将被处以死刑。墨索里尼在 20 世纪 30 年代几乎消灭了他们。但他们在1943年帮助美军入侵西西里岛,美国给了他们新的生命。黑手党这个词现在通常用于指有组织的犯罪分子。阿尔·卡彭不是西西里人，而是意大利人。事实上，他一生都在与黑手党争吵。

艾尔·卡彭 1899 年出生于布鲁克林。他上学直到六年级，然后他殴打了他的女老师。反过来，他被校长殴打并退学。他的职业生涯始于洗碗机。很小的时候，他就加入了詹姆斯街帮，这是五点帮的子公司，这是一个由另一位意大利人约翰·托罗领导的更大帮派，后来阿尔·卡彭也加入了该帮派。阿尔·卡彭（Al Capone）年仅 15 岁时，就得知一个黑手党团伙正在向他父亲勒索钱财。艾尔·卡彭枪杀了两名肇事者。

随着 1920 年《沃尔斯特德法案》的颁布实施禁令，非法酒类的生产和分销成为一门大生意。各团伙抓住新机遇，纷纷涉足私酒生意。

禁酒特工——美国 联邦政府招募了 1500 名禁酒代理人——负责执行《沃尔斯特德法案》的官员。这些代理人大多素质较差，每月工资只有区区200美元。他们被黑帮所鄙视，也被公众所鄙视。当地警察也讨厌他们，因为他们是联邦政府强加给他们的。

"禁酒代理人"这个词成了腐败的代名词。许多禁酒人员维持着奢华的生活方式，开着华丽的汽车，身边还有女孩。1920 年至 1928 年间，财政部因盗窃罪解雇了 706 名禁毒人员。时任纽约警察局局长丹·卓别林上尉召集了一次禁毒特工会议。"双手放在桌子上，"他厉声说道，然后"你们这些拿着钻石的王八蛋都被解雇了。"还剩一半。

阿尔·卡彭的崛起 当美国实施禁令时，十几个大型帮派在芝加哥或多或少明确划分的领土上活动。阿尔·卡彭的老板约翰尼·托里奥就是这样一块领地的所有者。

The Outfit（也称为"Chicago Outfit"、"芝加哥黑手党"、"芝加哥黑帮"、"芝加哥犯罪家族"、"South Side Gang"或"The Organization"）就是其中之一——一个总部位于伊利诺伊州芝加哥的意大利裔美国人有组织犯罪集团，历史可以追溯到 1910 年代。该组织于 20 年代在约翰尼·托里奥（Johnny Torrio）的控制下掌权，禁酒令时代的标志是为了控制非法酒类分销而发生的血腥帮派战争。

奥唐纳团伙开始劫持约翰尼·托里奥的啤酒卡车，这需要报复。托里奥把当时21岁的阿尔·卡彭从纽约召集到芝加哥。托里奥其实并不喜欢暴力。他更相信和解，而阿尔·卡彭则相反。两年之内，阿尔·卡彭使用经过时间考验的贿赂和暴力双重手段，变得非常强大。他敢于当众杀人，无所畏惧，因为没有人敢指证他。托里奥对阿尔·卡彭充满信心，几乎让阿尔·卡彭成为他的搭档。

在禁酒令时期，在芝加哥很容易获得无罪释放。1924年5月8日，阿尔·卡彭（Al Capone）在一家拥挤的酒吧里与走私犯乔·霍华德（Joe Howard）握手，然后向他的身体开了六颗子弹，从而成为新闻焦点。第二天，报纸刊登了艾尔·卡彭的照片以及他在拥挤的酒吧里用左轮手枪发射六颗子弹谋杀了乔·霍华德的消息。但由于没有进一步的证据，审讯陪审团不得不得出结论，霍华德是被身份不明的白人用左轮手枪发射的子弹谋杀的。 艾尔·卡彭和他的导师约翰尼·托里奥开始每周至少赚取一百万美元。1924年10月，根纳斯帮和奥巴尼恩帮之间发生了争执。阿尔·卡彭和托里奥抓住了这个机会，于1924年11月10日在迪翁·奥巴尼恩的花店杀死了他。奥巴尼恩的帝国被海米·韦斯接管。海米下令用机关枪攻击阿尔·卡彭的汽车。1925年1月12日，阿尔·卡彭遭到伏击，他浑身颤抖，但没有受伤。12天后，即1925年1月24日，托里奥与妻子安娜（Anna）购物归来。他被枪杀了好几次。托里奥康复了，但他实际上辞职了，并将该部队的控制权移交给了阿尔·卡彭。阿尔·卡彭（Al Capone）在26岁时成为了该组织的新任老板。

1926年9月20日下午1点15分，艾尔·卡彭（Al Capone）刚刚在霍桑旅馆（Hawthorne Inn）的底层餐厅吃完午餐。一辆黑色轿车在街道上疾驰。它看起来就像一辆侦探车在追赶逃跑的暴徒。踏板上的一个人正在用汤姆森冲锋枪射击（后来发现是空包弹）。

餐厅里的六十名顾客（包括阿尔·卡彭）全部涌到窗前看热闹。一支由十辆汽车组成的车队，每辆间隔十码，突然抵达并停在霍桑旅馆外。持机枪的枪手从车上下来。

阿尔·卡彭的保镖把他扔到了桌子底下。机枪手发射了一千多发子弹。餐厅被撕成碎片。但没有人被杀。艾尔·卡彭赔偿了霍桑店老板所遭受的损失。他还花了5000美元挽救了一名在交火中受伤的无辜路人的视力。1926年10月11日，海米被枪杀。阿尔·卡彭接管了庞大的犯罪帝国。他极其残忍，有计划地铲除对手。许多人逃离。阿尔·卡彭当时年仅26岁，成为当时最有权势的犯罪头目，并可以吹嘘自己拥有芝加哥。他手下有超过1000名员工，每周工资为30万美元。1926年10月26日，阿尔·卡彭召集所有芝加哥帮派头目到谢尔曼酒店参加黑帮峰会。这是犯罪史上第一次黑帮峰会。双方达成休战协议。芝加哥和库克县被四个主要帮派瓜分。不会再有杀戮了！这次休战的结果是，大家都赚到了钱。但阿尔·卡彭变得极其富有。他在430号展厅（谢尔曼酒店四楼的一间六室套房）经营着自己的帝国。但最终入住率下降。谢尔曼酒店（Hotel Sherman）于1973年初关门。该建筑闲置了数年，直到1980年被拆除，为新的伊利诺伊州办公中心让路。

芝加哥的走私者与市长有直接联系。据信阿尔·卡彭在1915年至1923年间担任市长的共和党人威廉·黑尔·汤普森（William Hale Thompson）的胜利中发挥了直接作用。1927年，汤姆森再次参加市长竞选。他为建立一个完全开放的城镇而竞选，一度暗示他将重新开放非法酒吧。https://en.wikipedia.org/wiki/Al Capone - cite note-big bill 232 244-59艾尔·卡彭支持汤普森，据称他捐献了25万美元。汤普森以相对微弱的优势击败了威廉·埃米特·德弗。

这些选举伴随着高度的暴力和腐败。另一位政治家乔·埃斯波西托（Joe Esposito)成为阿尔·卡彭（Al Capone）的政治对手，于1928年3月21日在他家门前的一次驾车枪击中身亡。https://en.wikipedia.org/wiki/Al_Capone_-cite_note-decade-26阿尔·卡彭继续支持汤普森。1928年4月10日，即所谓的"菠萝初选"投票日，阿尔·卡彭的炸弹袭击者詹姆斯·贝尔卡斯特罗袭击了汤普森反对者被认为获得支持的选区的摊位，造成至少15人死亡。汤普森于1931年4月9日卸任。历史学家将汤普森列为美国历史上最不道德和腐败的市长之一，这主要是因为他与阿尔·卡彭的公开联盟。

尽管如此，汤普森还是一位受欢迎的市长。但他死后，人们在他名下发现了两个保险箱，里面装有超过180万美元（今天为2710万美元）的现金，他的声望一落千丈。当这笔钱被发现后，美国国税局拿走了他们应得的税款，他的妻子梅西·汤普森（Maysie Thompson）靠剩下的钱过活，直到1958年去世。

艾尔·卡彭全盛时期的年净收入估计为1.25亿美元。阿尔·卡彭是一位保守的家庭男人。他穿着定制的丝绸衬衫，衣着完美。他慷慨地向慈善机构捐款，并为值得的事业做出了慷慨的贡献。他喜欢参加新闻发布会和歌剧首演，并用百元纸币分发小费。

圣情人节大屠杀 1929年初，巴格斯·莫兰开始偷窃属于阿尔·卡彭的货物并威胁他的手下。艾尔·卡彭下令消灭他。1929年10月14日情人节，阿尔·卡彭的手下装扮成警察，枪杀了莫兰的多名助手。但莫兰很幸运。因为耽误了一些时间，他没有到达现场，幸免于难。没有人因这些谋杀案而受到指控。但阿尔·卡彭实际上结束了莫兰的犯罪生涯。

美国总统将阿尔·卡彭列为第一号公敌 阿尔·卡彭在公众中享有罗宾汉式的形象。但情人节大屠杀引起了公众的广泛批评。美国公众已经受够了阿尔·卡彭。情人节大屠杀是最后一根稻草。圣情人节大屠杀发生后，《芝加哥每日新闻》出版商沃尔特·A·斯特朗决定请求他的朋友赫伯特·克拉克·胡佛总统进行联邦干预，以制止芝加哥的无法无天。

1929 年 3 月 19 日，即胡佛就任总统两周后，斯特朗在白宫安排了一次秘密会议。芝加哥犯罪委员会的弗兰克·洛施（Frank Loesch）和著名律师莱尔德·贝尔（Laird Bell）也出席了会议。他们向总统陈述了自己的情况。胡佛总统在 1952 年的回忆录中写道，斯特朗认为："芝加哥落入匪徒手中，警察和治安法官完全受他们控制……联邦政府是这座城市自我治理能力的唯一力量可以恢复。我立即指示所有联邦机构集中精力对付卡彭先生和他的盟友。"

赫伯特·胡佛总统将阿尔·卡彭列为第一号公敌，并下令对他采取行动。美国政府的各个部门——禁酒局、联邦调查局、司法部、财政部等，讨论了抓捕阿尔·卡彭的方式方法。

司法部捣毁了他的啤酒厂并扣押了他的卡车。但这些损失对阿尔·卡彭的帝国几乎没有产生任何影响。他实在太大了，不会为这些小损失而烦恼。财政部任命特别情报组高级调查员弗兰克·J·威尔逊（Frank J. Wilson）来追随他。

艾尔·卡彭声称，他的年收入不到5000美元，这是美国缴纳所得税的门槛，因此他的收入不需要纳税。因此，他不需要提交任何收入申报表或缴纳任何所得税。阿尔·卡彭名下没有任何财产。他的名下甚至没有银行账户。他所有的资产都在贝纳米达的名下。

收集阿尔·卡彭的收入详细信息即使不是不可能，也是很困难的。弗兰克·威尔逊系统地、费力地收集了阿尔·卡彭的开支细节。1926年至1929年间，他的开支为16.5万美元。他购买了价值25,000美元的家具，花费了7,000美元购买西装，并支付了40,000美元的电话费。这些证据足以确保定罪，但最长期限为三年。威尔逊说服阿尔·卡彭的赌场员工提供对他不利的证据。最终，1931 年 6 月 5 日，阿尔·卡彭因未披露 100 万美元的收入未缴税而被起诉。现在可能的最高刑期是三十年。

艾尔·卡彭的律师同意认罪，但条件是他不会被判处两年以上监禁。但法官知道了这个邪恶的协议，他拒绝接受。于是阿尔·卡彭受到了审判。尽管对陪审员的持续威胁和贿赂导致整个陪审团在最后一刻更换，但阿尔·卡彭在所有罪名上都被判有罪。

阿尔·卡彭因逃税入狱 1931 年 10 月 17 日，第一号公敌阿尔·卡彭（Al Capone）被起诉。一周后，他被判处 11 年监禁和 50,000 美元罚款，外加 7,692 美元法庭费用。他还被判处 215,000 美元，外加补缴税款利息——这是迄今为止对税务犯罪所判处的最严厉的处罚。他的上诉被驳回。

阿尔·卡彭，33 岁，1932 年 5 月被送往亚特兰大美国监狱。抵达亚特兰大后，阿尔·卡彭被正式诊断出患有梅毒和淋病。他还患有可卡因成瘾的戒断症状，使用可卡因导致他的鼻中隔穿孔。在监狱里，他被视为性格软弱，狱友欺负他。他的狱友、经验丰富的囚犯雷德·鲁登斯基（Red Rudensky）担心阿尔·卡彭会精神崩溃，于是他成为了阿尔·卡彭的保护者。

1934 年 8 月，阿尔·卡彭被转移到位于美国加利福尼亚州旧金山海岸 1.25 英里（2.01 公里）阿尔卡特拉斯岛上最近开放的阿尔卡特拉斯联邦监狱或美国监狱

美国与禁酒令的蜜月完全是一场灾难。1933 年，《第二十条修正案》废除了禁酒令。而这种被人鄙视的酒却成了西方人的首选饮料。 为了完成这个故事，阿尔·卡彭在监狱里被诊断出患有梅毒。在监狱服刑 6.5 年之后，他于 1939 年 11 月 19 日获得假释。此时，病情已经到了第三期，他已接近疯狂。他和妻子在佛罗里达州又住了七年。他于 1947 年 1 月 25 日去世。他因脑溢血去世，被隆重地安葬在芝加哥橄榄山的一座大理石陵墓中。 阿尔·卡彭给了公众他们想要的东西——毒品、赌博和卖淫，并赢得了他们的支持。尽管据说他下令谋杀了至少 500 人，并且在帮派内部的斗争中也有同等数量的人死亡，但他开创了一种趋势，历届帮派领导人都试图效仿。

阿尔·卡彭的定罪表明，提供犯罪活动的直接证据可能非常困难，起诉逃税案件要容易得多。阿尔·卡彭的定罪让犯罪分子意识到，仅仅赚取非法资金还不够，他们还必须洗钱。事实上，他的定罪和入狱奠定了当今洗钱艺术和实践的基石。

卡彭的财富怎么了？有些人认为卡彭留下了很多钱——可能藏在某个地方。这就是八卦和故事所说的。毕竟他已经赚了这么多了。所有的钱不可能就这么消失了！但他把钱藏哪儿了？

卡彭的侄女玛丽·卡彭写道，她的叔叔埋藏了数百万美元的纸币。但出狱后，他精神太差，不记得自己把钱藏在哪里了。

人们做出了各种猜测和猜想，并进行了搜索。但钱还没有找到。

20世纪80年代初，当地一家名为Sunbow的女性建筑公司研究了修复列克星敦酒店的可能性，当时该酒店与阿尔·卡彭曾经光顾过的豪华酒店有很大不同。当工作人员调查这座建筑时，他们发现了一个秘密射击场，曾被阿尔·卡彭的手下用来进行打靶练习，还有数十条隐藏的隧道，这些隧道连接到附近的酒吧和妓院，旨在为警方的突袭和袭击提供精心设计的逃生路线。由竞争对手。

这引发了人们对酒店的更多兴趣，并吸引了研究员哈罗德·鲁宾(Harold Rubin)来到这座摇摇欲坠的老建筑。鲁宾开始对房屋进行细致的搜查。除了从酒店辉煌时期找回许多无价的文物之外，鲁宾还偶然发现了阿尔·卡彭（Al Capone）存放一些钱的似乎是秘密金库的地方。多年来一直只是传闻的金库被如此巧妙地隐藏起来，甚至连阿尔·卡彭最亲密的同伙都不知道它们。

《芝加哥论坛报》报道了鲁宾的发现。但他的研究很快就因美国调查记者杰拉尔多·里维拉的到来而黯然失色，后者宣布，如果秘密金库要被打开，他就会这么做，而且他会在国家电视台现场直播。

1986年4月，里维拉和他的摄制组来到芝加哥。1986年4月21日，他们在废弃的酒店开始了一场名为"阿尔·卡彭金库之谜"的现场直播。

这部在美国广播公司（ABC）播出的节目受到了轰动的营销，并吸引了数百万观众观看，他们希望看到一个装满20年代现金的金库。

工作人员炸毁了地下室的一堵7,000磅重的混凝土墙，据信里面藏着一个装有数百万美元的秘密隔间。

美国国税局特工就在附近等候，准备夺取他们那份现金。但当烟雾散去后，人们发现金库里除了几个空瓶子和一个旧标牌之外什么也没有。如果那里曾经有过钱的话，也早就消失了。

该电视节目的结局是灾难性的，但仍然是历史上收视率最高的电视特别节目，观众人数超过3000万。

1995年11月，列克星敦酒店终于"鬼魂消失"。到那时，经过多年的忽视，这座10层的建筑已经完全变成废墟，并被拆除。芝加哥犯罪史上的又一章永远结束了。

艾尔·卡彭的财富估计为1亿美元。钱呢？这是怎么回事？好吧，它仍然失踪了。如果它曾经存在过——而且几年前没有被花掉，它就藏在某个地方，等待一些幸运的人找到它！

1928年，29岁的阿尔·卡彭（Al Capone）在佛罗里达州迈阿密购买了一座精美的豪宅。这所房子建于1922年，*现更名为 93 Palm Island*。他以4万美元的价格以妻子的名义买下了这栋房子，据报道，他花了20万美元安装门楼、七英尺高的墙、探照灯、小屋和珊瑚岩洞。1947年1月25日，阿尔·卡彭（Al Capone）在这座房子的卧室里去世，享年48岁。这座房子一直属于他的家族，直到1952年被他的妻子梅·卡彭（Mae Capone）卖掉。

这栋房子拥有私人海滩和美丽的花园，是迈阿密最好的房产。这座豪宅于2020年7月被一位不愿透露姓名的人士以1085万美元的价格购买。

卡彭家族 1918年12月30日，阿尔·卡彭（Al Capone）在纽约布鲁克林的圣玛丽之星海洋教堂与玛丽·约瑟芬·考夫林（Mary Josephine Coughlin）结婚。她的父母于1890年代分别从爱尔兰移民到美国。玛丽被称为梅。她比她丈夫大两岁。在他们的结婚证上，阿尔·卡彭将自己的年龄增加了一岁，将梅的年龄减少了两岁，使他们看起来都是20岁。

他们有一个儿子阿尔伯特·弗朗西斯·"桑尼"·卡彭。桑尼从小就表现出听力障碍的迹象。这可能是因为他从父母那里遗传了梅毒。当桑尼出现乳突耳部感染时，芝加哥的医生表示，治疗感染将使桑尼永久失聪。艾尔·卡彭和梅从芝加哥前往纽约为他提供最好的治疗。艾尔·卡彭联系了纽约市的一位医生，愿意提供10万美元来治疗他的儿子。医生按惯例收费1000美元。他设法挽救了桑尼的听力，尽管桑尼已经部分失聪。桑尼就读于佛罗里达州迈阿密海滩著名的圣帕特里克学校，在那里他结识了年轻的德西里奥·阿纳兹（Desiderio Arnaz）——当今世界所熟知的德西·阿纳兹（Desi Arnaz），

Desi Arnaz 和他的妻子Lucille Ball共同创立了美国电视制作公司 Desilu Productions。该公司以《我爱露西》、《露西秀》、《曼尼克斯》、《铁面无私》、《碟中谍》和《星际迷航》等超级热门电视节目而闻名。

桑尼在圣母大学上大学，但在迈阿密大学完成了学业。桑尼本可以成为像他父亲一样的唐，但他的母亲说服桑尼走那条笔直、更困难的道路。阿尔·卡彭去世时，桑尼在他父亲身边。

电视剧《铁面无私》上映后，梅因孙子们因成为卡彭家族而在学校受到欺凌而提起诉讼。

1966年，桑尼更名为阿尔伯特·弗朗西斯·布朗，并以新身份生活。据他的律师称，桑尼·卡彭这样做是因为他"只是厌倦了与这个名字作斗争"。改名后，阿尔伯特·弗朗西斯·卡彭，又名桑尼·卡彭，又名阿尔伯特·弗朗西斯·布朗，过着安静、守法的生活。父亲去世后，桑尼继续住在佛罗里达州，担任印刷工学徒，然后担任轮胎经销商，后来担任餐馆老板。

桑尼结过三次婚，留下了无数的孩子、孙子和曾孙。2004年7月8日，他在加州小镇奥本湖步道（Auburn Lake Trails）

去世。他的妻子亚美莉卡·"艾米"·弗朗西斯告诉记者，阿尔伯特·弗朗西斯·卡彭不仅仅是他的姓氏。

梅没有参与阿尔·卡彭的敲诈勒索业务，尽管她因阿尔·卡彭在已婚期间与其他女性约会的行为而受到伤害。她曾经告诉她的儿子"不要做你父亲所做的事。他伤了我的心。"28 岁时，她的头发也开始变白，大概是因为丈夫处境所带来的压力。https://en.wikipedia.org/wiki/Mae_Capone - cite_note-:1-2
  1931 年 10 月 24 日，阿尔·卡彭（Al Capone）被判处 11 年监禁，梅是获准在监狱探视他的三人之一。另外两个获准探望狱中阿尔·卡彭的人是他的母亲和他们的儿子桑尼。https://en.wikipedia.org/wiki/Mae_Capone - cite_note-:3-4 梅仍然是一位忠诚的妻子，经常给丈夫写信，称他为"亲爱的"，并渴望他回家。https://en.wikipedia.org/wiki/Mae_Capone - cite_note-:3-4 她也在监狱里探望了他，从佛罗里达州的家到恶魔岛，行程长达 3,000 英里，通常非常小心地隐藏自己的脸，以避免狗仔队。从阿尔·卡彭被监禁到他去世，梅和卡彭的兄弟姐妹一起负责他的事务：财产、头衔和财产。

阿尔·卡彭最终于 1940 年 3 月 22 日出狱，回到佛罗里达州的家中。出狱后，梅是他的主要看护者。1947 年 1 月 25 日，他在迈阿密的家中去世，葬于伊利诺伊州希尔赛德的天主教公墓。梅对他的死感到悲痛欲绝，此后就不再出现在公众的聚光灯下。

阿尔·卡彭的敲诈勒索生意为他赚了很多钱。1920 年至 1921 年间，他在芝加哥买了一套房子，住着梅和桑尼，以及卡彭家族的成员。直到 1923 年，梅和桑尼才从布鲁克林搬到芝加哥加入阿尔·卡彭。他还在佛罗里达州棕榈岛为家人购买了第二套住宅。梅把这个家装饰得很奢华。https://en.wikipedia.org/wiki/Mae_Capone - cite_note-:02-1
这个家庭拥有几辆车——几辆林肯和一辆定制设计的敞篷车（

类似于凯迪拉克），梅自己驾驶。他们生活舒适，有足够的钱过奢侈的生活。他们甚至曾经在棕榈岛的家中被盗窃。Mae 的珠宝估计价值 30 万美元被盗。

1936 年，联邦政府对卡彭的迈阿密庄园征收了 51,498.08 美元的税收留置权。该房产是以梅的名义购买的。由于阿尔·卡彭入狱，梅被迫处理留置权问题。她付了钱。1937年，她对国税局局长J.埃德温·拉森提起诉讼，声称税收留置权资金被非法收取。她要求退款 52,103.30 美元的请求被拒绝。

1959 年，Desilu Productions, Inc. 发行了两部分系列，名为《铁面无私》。该系列讲述的是禁酒特工打击犯罪的故事。1960 年，梅、她的儿子和阿尔·卡彭的妹妹玛法尔达·马里托特（Mafalda Maritote）起诉德斯鲁制作公司、哥伦比亚广播系统和西屋电气公司，要求赔偿 600 万美元。他们声称该系列侵犯了他们的隐私，并给他们带来了羞辱和耻辱。桑尼声称，他的孩子们在学校受到嘲笑，以至于他被迫收拾行李，举家搬到另一个城市。联邦地方法院和芝加哥巡回法院驳回了诉讼。卡彭夫妇向美国最高法院提起上诉。但他们的上诉被驳回，理由是隐私权是个人的，并不延伸到近亲。

1986 年 4 月 16 日，梅在佛罗里达州好莱坞的一家疗养院去世，享年 89 岁。她被埋葬在佛罗里达州。

阿尔·卡彭之后 阿尔·卡彭被定罪的直接影响是，他入狱后不再是老板。参与监禁阿尔·卡彭的政府官员将此事描述为好像他们粉碎了该市的有组织犯罪集团。

保罗·德·卢西亚（Paul De Lucia），又名保罗·里卡（Paul Ricca），是一名意大利裔美国黑帮，后来成为芝加哥帮名义上或事实上的领导者。他在那里呆了 40 年。他是阿尔·卡彭及其继任者行动背后的大脑。

Francesco Raffaele Nitto 或Frank Nitti于 1886 年 1 月 27 日出生于意大利坎帕尼亚萨莱诺省的安格里小镇。1893 年 6 月，他和母亲移居美国。他是阿尔·卡彭的堂兄。1913 年左右，他搬到芝加哥，担任理发师，在那里结识了黑帮亚历克斯·路易斯·格林伯格（Alex Louis Greenberg）和迪翁·奥巴尼恩（Dion O'Banion）。

尼蒂引起了托里奥的注意。但正是在托里奥的继任者阿尔·卡彭的领导下，尼蒂的声誉飙升。尼蒂负责阿尔·卡彭的酒类走私和分销业务，从加拿大进口威士忌，并通过芝加哥各地的地下酒吧网络进行销售。尼蒂成为阿尔·卡彭的高级副手之一，因其领导能力和商业头脑而受到信任。由于尼蒂的祖先与阿尔·卡彭来自同一个城镇，因此尼蒂能够帮助阿尔·卡彭渗透到西西里岛和卡莫拉的黑社会，这是阿尔·卡彭独自无法做到的。https://en.wikipedia.org/wiki/Frank_Nitti - cite_note-7

1929年5月17日，阿尔·卡彭和他的保镖因携带隐藏致命武器在费城被捕。16小时内，他们分别被判处一年徒刑。艾尔·卡彭服刑完毕，并于1930年3月17日因表现良好而在10个月内被释放。 阿尔·卡彭对尼蒂评价很高，当他1929年入狱时，他任命尼蒂为三人小组的成员，该小组将在他缺席时管理该组织。尼蒂是运营主管。杰克·"油腻的拇指"·古兹克（Jake "Greasy Thumb"）担任行政主管，托尼·"乔·巴特斯"·阿卡多（Tony "Joe Batters" Accardo）担任执法主管。尼蒂也被称为"执法者"。这也是他早期的做法。但随着他地位的提升，他利用黑手党士兵和其他人实施暴力，而不是自己动手。

1931年，阿尔·卡彭和他的二把手弗兰克·尼蒂都因逃税罪被判入狱。然而，尼蒂被判处18个月徒刑，并在莱文沃斯美国监狱服刑；而阿尔·卡彭则被送走11年。

1932年3月25日，尼蒂被释放，他接任了该组织的新任老板。该组织非但没有被摧毁，反而继续继续下去，没有受到芝加哥警方的困扰，级别较低，也没有阿尔·卡彭统治时期的公开暴力。一旦禁令被废除，该市的有组织犯罪就变得不那么引人注目了。匪徒的活动更加秘密。卖淫、工会敲诈勒索和赌博成为该市有组织犯罪的赚钱来源，而没有引起认真的调查。20世纪50年代末，联邦调查局特工发现了一个由卡彭前副手领导的组织，在芝加哥黑社会中占据着最高统治地位。

妇女对第十八修正案的立场——禁止　美国女性对第十八修正案存在争议。基督教妇女禁酒联盟(WCTU)等组织支持第十八修正案，并为维护它而奋斗。该组织被视为代表所有妇女，许多人认为妇女会在这个问题上团结一致。然而，随着全国禁酒改革妇女组织（WONPR）的崛起，这一观念逐渐瓦解。

两个团体都以保护家园为中心，但对于如何实现这一目标却有着截然不同的看法。虽然 WCTU 认为需要保护家庭免受酒精的影响，但 WONPR 抗议禁令的文化影响。他们认为该修正案是犯罪增加的原因，也是对法律的不满态度。

许多人认为，允许妇女投票的第十九修正案将是第十八修正案背后的支撑力量，但妇女是推翻该修正案的极具影响力的力量。在所有这些政治动荡期间，梅保持沉默。尽管嫁给了走私界最有名的人物之一，但她从未对禁酒发表过任何意见。她当然从修正案中受益，因为它创造了对她丈夫的工作的需求并使他们更加富有，但她从未公开表达过对此事的看法。据信，她积极劝阻儿子桑尼不要追随父亲的脚步。

在这个时代，许多女性抓住机会走出默默无闻，成为公众关注的焦点。但梅寻求匿名并避开媒体。即使其他黑帮的妻子出面写书，讲述她们与黑帮头目结婚的经历，梅也没有为公众撰写或出版任何东西。当其他女性为结束禁令而奋斗时，她却为隐私而奋斗。桑尼于 2004 年 7 月 8 日去世，享年 85 岁。

20 世纪 40 年代初，几位 Outfit 高层领导人因被发现通过控制构成<u>好莱坞电影业</u>的工会以及操纵和滥用<u>卡车司机中央各州养老基金</u>向好莱坞勒索金钱而入狱。1943 年，该组织在撼动好莱坞电影业的过程中被当场抓获。里卡希望尼蒂承担责任。然而，几年前，尼蒂（因<u>逃税</u>）入狱 18 个月时发现自己患有<u>幽闭恐惧症</u>。他决定结束自己的生命，而不是因为敲诈好莱坞而面临更多监禁。随后，Ricca 成为了名义上的老板，事实上，执行主管托尼·阿卡多 (Tony Accardo)则担任二把手——开启了一段持续了近 30 年的合作关系。

从 1997 年到 2018 年，芝加哥队据信由约翰·迪弗龙佐(John DiFronzo)领导。*https://en.wikipedia.org/wiki/Chicago_Outfit-cite_note-45* 截至 2022 年，芝加哥队据信将由 83 岁的萨尔瓦多·"索利·D"·德劳伦蒂斯 (Salvatore "Solly D" DeLaurentis) 领导。

金三角

全世界鸦片供应的两个主要地区是"金三角"和"金新月"。

自20世纪50年代以来,金三角和金新月地区一直是世界上最大的两个鸦片产区。直到21世纪初,世界上大部分海洛因都来自金三角。此后,金新月地区成为世界上最大的生产国。从1998 年到 2006 年,在该地区开展铲除运动后,金三角地区的罂粟种植面积减少了 80% 以上。但合成药物的生产有所扩大。金三角现在是世界上合成毒品(尤其是甲基苯丙胺)生产和供应的主要地区之一。

坤沙 – 金三角之王 金三角由位于缅甸、老挝和泰国交界处的约 950,000 平方公里(367,000 平方英里)的无法通行的山地丛林组成。该地区以湄公河和湄西河为界。被称为掸族的原住民居住在这个地区。

1949年,当中国内战以中国国民军的失败而结束时,数千名溃败的国民党军队从云南省越过边境进入缅甸(当时的缅甸),进入了这片无法通行的地区。十多年来,美国向他们提供武器和资金。

20世纪50年代末,缅甸政府追捕这些人,并将他们驱逐到泰国和老挝。美国停止了公开的帮助,但中央情报局继续利用坤沙收集有关共产党的信息,并因此在接下来的二十年里支持他们。缅甸政府追查;由于大部分供应停止,国民党开始种植罂粟,罂粟曾是该地区的主要经济作物。

坤沙出生于1934年2月17日。他的原名是张志富。四十年后,他把名字张志富改成了坤沙——缅甸掸语,意为"繁荣的王子"。他将自己的组织重新命名为掸邦联合军,并开始声称自己正在与缅甸政府争夺掸邦的自治权。坤沙是缅甸最强大、最臭名昭著的军阀和毒枭之一。他被称为"死亡王子"和"金三角之王"。

坤沙开始制造海洛因并向美国出口　除了制造供吸用的海洛因外，他还制造适合静脉注射的海洛因。这种新型的纯海洛因可以通过鼻吸或吸食，从而切断静脉注射和艾滋病毒感染之间的联系。渐渐地，他扩大了业务范围，开始将海洛因运送到曼谷，然后再从那里运往各个国家。坤沙成为世界上最大的鸦片生产国之一。

利润是巨大的。一公斤鸦片碱的价格约为3000美元。但在街上，它的价格却高出一千倍。1978年，坤沙甚至厚颜无耻地向美国政府提议，通过以5000万美元的价格出口500吨鸦片碱来解决他们的海洛因问题。

1980年，美国人走投无路，以2.5万美元的价格悬赏坤沙的人头，并要求泰国当局对他采取紧急行动。1981年7月，泰国当局宣布悬赏50,000泰铢（约合2,000美元）追捕他的人头。8月，这一金额提高到500,000泰铢（20,000美元），"有效期至1982年9月30日"。1981年10月，在美国缉毒局的坚持下，一支由39人组成的泰国游骑兵队和当地叛乱游击队试图暗杀坤沙。尝试失败了，几乎整个部队都被消灭了。

1982年，泰国人对坤沙位于泰国清莱的一个小地方Ban Hin Tack的堡垒发动了大规模进攻。2000名士兵在直升机部队的支援下杀死了200人并缴获了大量装备。但坤沙逃脱了。两年后他回来了，只是比以前更加活跃了。

自20世纪80年代中期以来，金三角地区取代了传统的海洛因供应国墨西哥和土耳其，并成为全球第一供应商。20世纪80年代，在坤沙的领导下，缅甸的鸦片产量从550吨飙升至2,500吨，增幅高达500%，令人难以置信。1984年至1990年间，在缅甸罂粟收成不断增加的推动下，东南亚在纽约市海洛因市场的份额从5%跃升至80%。到1990年，坤沙控制了缅甸80%以上的鸦片生产，这使他成为历史上最强大的毒枭。

缅甸海洛因的大量涌入降低了美国毒品市场的价格并提高了纯度。20世纪80年代中期至90年代中期，美国海洛因年供应量从5吨增加到10-15吨，维持着美国60万铁杆吸毒者的人口。随着街头被称为"中国白"的缅甸海洛因以空前的数量登陆，纽约市的零售价格从1988年的每毫克1.81美元下降到1994年的每毫克0.37美元。与此同时，"街头交易"的海洛因含量全国平均水平从7%上升到40%，纽约市达到63%，其他地方甚至更高。在街上，不知名的企业家通过提高纯度和改变药物的人口统计数据来应对价格、纯度、供应和市场等变量的供应激增。

1985年，坤沙将他的掸邦联合军与另一个叛乱组织——掸邦联合革命军（SURA）的一个派系莫兴的"傣族革命委员会"合并，组建了勐台军（MTA）。通过这个战略联盟，他控制了从他的基地胡蒙（湄宏顺附近的一个村庄）到美塞的150英里泰缅边境地区。

1989年12月，美国大陪审团缺席起诉坤沙，罪名是他在1986年至1988年间试图向美国走私1,500公斤海洛因。在自己的祖国呆了这么久，这一切对坤沙来说都没有什么影响。他唯一担心的是担心被绑架，然后在美国接受审判，就像拉丁美洲毒贩的案件一样。

20世纪90年代初，美国流行文化让这种更便宜、"安全"的海洛因成为一种疏离的真实性的象征。像科特·科本和瑞弗·菲尼克斯这样的邪教人物在年轻的时候就成为了海洛因成瘾者。1996年5月，《滚石》杂志就这一问题发表了一篇题为"摇滚海洛因"的专题文章，列出了数十位有主要习惯的巨星。

坤沙（Khun Sa）领导着由20,000人组成的掸邦联合军（也称为芒泰军或MTA）。他声称要向罂粟种植者征税，以资助掸族人民争取独立的斗争。1993年，坤沙宣布其北部掸邦独立。

坤沙和他的助手（大多是近亲）在距泰国边境约九公里的万胡蒙村管理着他们的帝国。1994年对坤沙来说尤其糟糕。风很大。为了赢得国际善意，缅甸军队对坤沙发动了持续的攻势。他们摧毁了他的实验室并收紧了边境，使他越来越难以将毒品偷运出缅甸。 1995年，缅甸军队继续对坤沙发动攻势。1995年11月22日，坤沙宣布放弃掸邦联合军的指挥权。1996年1月2日，缅甸军队控制了掸邦联合军总部Wan Ho Mong。坤沙向缅甸军政府投降。政治观察家推测，军队和平进入万和蒙以及坤沙的不流血投降表明，这一切都是由于某种预先谈判的安排，缅甸军队已经向坤沙提供了特赦和不引渡的保证。截至1996年1月28日，掸邦联军已有11,739名成员投降。

1996年1月4日，美国政府悬赏20万美元，奖励提供有助于逮捕坤沙并对其定罪的信息。1996年2月9日，缅甸外交部长吴翁觉（U. Ohn Gyaw）正式宣布，缅甸政府不会将坤沙引渡到美国，事实证明政治观察家是正确的。然而，坤沙的引渡预计不会减少鸦片出口。赵尼来等毒贩干脆就钻进了他创造的真空之中。

1996年1月5日，坤沙放弃了对军队的控制，带着一大笔财产搬到仰光https://en.wikipedia.org/wiki/Khun_Sa_-_cite_note-Lintner-16和四个年轻的掸族情妇。https://en.wikipedia.org/wiki/Khun_Sa_-_cite_note-Economist-7坤沙投降后，金三角地区的鸦片产量下降，金新月地区的鸦片产量急剧上升。退休后，坤沙成为当地著名商人，在仰光、曼德勒和东枝都有投资。https://en.wikipedia.org/wiki/Khun_Sa_-_cite_note-Lintner-16他形容自己是"一位涉足建筑行业的商业地产经纪人"。他经营着一座大型红宝石矿，并投资修建了一条从仰光到曼德勒的新高速公路。在仰光生活期间，坤沙一直保持低调。他的行动和与外界的通讯受到缅甸政府的限制，他的活动受到缅甸情报部门的监控。

据报道，1999年5月31日，Khun Sa瘫痪了几个月。他还对1995年12月向缅甸当局自首的决定感到遗憾。坤沙于2007年10月26日在仰光去世，享年73岁。虽然他患有糖尿病、高血压和心脏病，但死因不明，四天后被火化。他的遗体被埋葬在缅甸仰光北奥卡拉帕的亚威公墓。

坤沙去世后不久，2007 年 11 月，人们在他在泰国的前据点、靠近缅甸边境的Thoed Thai为他举行了一场追悼会。当当地人被问及为什么纪念坤萨时，他们说他帮助发展了这个城镇。他在该地区修建了第一条柏油路；第一所学校；还有一家设备齐全、拥有 60 张床位、配备中国医生的医院。https://en.wikipedia.org/wiki/Khun_Sa_-_cite_note-Lintner071-2他当时正在建设一座水力发电厂，但在他离开后，该项目的建设就停止了。他还为外国游客建造了一个18洞的高尔夫球场https://en.wikipedia.org/wiki/Khun_Sa_-_cite_note-Lin412-34以及功能齐全的水电基础设施。泰国当地当局确保仪式保持相对简单和低调。

Khun Sa 与 Nan Kyayon（卒于 1993 年）结婚，两人育有八个孩子——五个儿子和三个女儿。坤沙的所有孩子都在国外接受教育。作为对他退休和搬迁到仰光的奖励，政府允许他的孩子在缅甸经营商业利益。在他去世时，他最喜欢的儿子正在边境城镇大其力经营一家酒店和赌场，而他的一个女儿是曼德勒一位颇有名气的女商人。他所有的孩子都从事受人尊敬的生意。

掸邦是缅甸主要鸦片产区，2020年产量占该国总产量（405吨）的82%（331吨）。自2015年以来，罂粟种植面积连年下降。2020年，掸邦种植面积进一步下降12%，东掸邦、北掸邦和南掸邦种植面积分别比2019年下降17%、10%和9%。

根据2010 年缅甸宪法，掸邦（俗称芒泰）现在是缅甸联邦共和国的一个邦，拥有自己的政府。第一次大选于 2010 年 11 月举行，第一届政府于 2011 年组建。掸邦面积为 155,801.3 平方公里（60,155.2 平方英里）。人口为 5,824,432（2014年）。

佤邦和昭尼莱 佤邦是佤族土地的名称，佤邦是佤族部落人民主要居住的自然和历史地区。坤沙领土以北和以东地区居住着佤族。佤邦分为北部地区和南部地区，彼此分开。

1989 年 4 月 17 日，佤族士兵脱离缅甸共产党，成立了佤邦联合军 （UWSA），估计有 20,000 至 25,000 人组成 https://en.wikipedia.org/wiki/United_Wa_State_Army_-cite_note-JanesDefence-2包友祥领导的佤族士兵结束了缅甸长期存在的共产党叛乱。https://en.wikipedia.org/wiki/United_Wa_State_Army_-cite_note-10 1989年5月9日，缅甸政府与佤联军签署停火协议，正式结束冲突。停火协议允许佤邦联合军自由扩大与缅甸军方的后勤行动，包括向邻国泰国和老挝贩运毒品。https://en.wikipedia.org/wiki/United_Wa_State_Army_-cite_note-24

佤邦联合军由赵艺来(1939-2009) 和后来的包友祥创立并领导。它得到了中国的大力支持，中国给予它的支持比缅甸政府还要多。

佤族人民也怀有独立的希望。但与掸族不同的是，他们与缅甸的关系相当友好。事实上，除了坤沙之外，所有毒枭与军方的关系一直都相当融洽。以前在仰光经常可以看到毒贩与缅甸军方将领一起打高尔夫球。

佤邦联合军（UWSA）曾是东南亚最大的毒品贩运组织。佤联军在大片土地上种植罂粟，后来提炼成海洛因。甲基苯丙胺贩运对佤邦的经济也很重要。鸦片的钱主要用来购买武器。

1990 年 8 月，政府官员开始起草一项计划，以结束佤邦的毒品生产和贩运。包友祥、赵尼来前往中国沧源佤族自治县，与当地官员签署了《沧源协议》，其中规定："任何毒品（从佤邦）不进入国际社会；任何毒品（从佤邦）不进入中国（中国）"来自佤邦）；任何毒品都不会进入缅甸政府控制区（来自佤邦）。" https://en.wikipedia.org/wiki/Wa_State_-cite_note-32不过，协议并未提及佤邦是否可以向叛乱组织出售毒品。

直到1996年，佤邦联合军卷入了与毒枭坤沙领导的山孟泰军的冲突。在这场冲突中，佤邦军占领了靠近泰国边境的地区，最终控制了景栋北部和南部的两片独立领土。1997年，佤邦联合党正式宣布佤邦将在2005年底前实现无毒品。https://en.wikipedia.org/wiki/Wa_State - cite_note-fenghuang-31在联合国和中国政府的帮助下，佤邦的许多鸦片种植户转向生产橡胶和茶叶。然而，一些罂粟种植者继续在佤邦以外种植罂粟。

缅甸政府开始采取措施减少此类药物的生产。但由于政府高层腐败且缺乏开展行动的基础设施，这是一项艰巨的任务。https://en.wikipedia.org/wiki/Wa_State - cite_note-34 2005年，UWSP宣布佤邦为"无毒品区"，鸦片种植被定为非法。

鸦片种植蔓延 1998 年至 2006 年，金三角开展铲除运动后，该地区的罂粟种植面积减少了 80% 以上。联合国毒品和犯罪问题办公室官员证实，自2014年以来，罂粟种植有所减少，但合成毒品产量却有所增加。而且鸦片种植也逐渐遍布世界各地。

2009年1月1日，佤联军宣布其领土为"佤邦政府特别行政区"。https://en.wikipedia.org/wiki/United_Wa_State_Army - cite_note-5鲍有祥担任事实上的国家主席，肖民良担任副主席。尽管缅甸政府并未正式承认佤邦的主权，但缅甸武装部队经常与佤联军结盟，共同打击南掸邦军等掸族民族主义民兵组织。https://en.wikipedia.org/wiki/United_Wa_State_Army - cite_note-8

尽管事实上独立于缅甸，但佤邦正式承认缅甸对其所有领土的主权。 1989年，双方签署停火协议，2013年签署和平协议。

魏学康 魏学康是三兄弟中的排行老二。他们与云南边境的国民党-中央情报局间谍网络有联系，直到 20 世纪 70 年代缅甸共产党将他们驱逐出境。大哥现已去世。

魏学康随后加入了已故毒枭坤沙的猛台军（MTA），并成为坤沙的财务主管。魏后来被坤沙短暂拘留。被坤沙释放后，魏逃往泰国，后来又前往台湾。与坤沙决裂后，魏和他的兄弟在泰国与缅甸边境建立了一个海洛因帝国，并发了财。据称，他还参与了在泰国北部的一次报复行动中杀害了坤沙的一些手下。

1986年，魏在泰国被捕并被拘留。他被判处死刑。但他逃脱了，再也没有回到这个国家。在泰国，他被称为Prasit Chiwinnitipanya，但他的泰国国籍最终被撤销。

1989年，当佤族叛军与缅甸军政府（当时称为国家法律和秩序恢复委员会（SLORC））达成停火协议时，魏回到了邦康。他为佤邦领导层提供了资金，当时佤邦领导层资金匮乏，正在寻求数百万美元的援助来重建佤邦地区及其军队。

魏是佤联军的创始人之一，后来成为其最著名的政治局成员之一。一位经验丰富的观察家将他描述为佤邦的"ATM 机"。

自1993年以来，美国悬赏200万美元（按今天的汇率计算为27亿缅元）悬赏，以获取导致魏作为海洛因贩运者被捕或死亡的信息。

魏曾一度担任佤联军指挥官，帮助缅甸军队进攻坤沙据点，坤沙最终于1996年向军政府投降。魏被允许控制该 MTA 区域。

无论如何，与政权的休战为佤族和在该地区活动的其他民族民兵（包括果敢叛乱分子）提供了发展东南亚最大的毒品走私活动之一的机会。

1998 年，佤族领导人与 SLORC 签署休战协议九年后，魏利用毒品贸易收入在邦桑创立了红邦集团。

宏庞集团投资于建筑、农业、宝石和矿产、石油、电子和通讯、酿酒厂和百货商店。Hong Pang Group 在仰光、曼德勒、腊戍、大其力和毛淡棉设立了办事处。宏邦集团是佤联军的商业部门，发展成为缅甸最大的企业集团之一，同时也是东南亚最大的洗钱活动之一。

2012年，Hong Pang集团更名为Thawda Win Co. Ltd.，并继续参与缅甸的多个大型项目。该公司的收入还支持佤联军在邦康的业务。该公司最近承建的项目之一是东基-密铁拉-大其力高速公路。佤邦领导人和大亨经营的其他企业包括银行和航空公司。 魏知道他被美国和泰国通缉。他大部分时间都在中国和缅甸边境度过。他不允许公开他的照片。

老塔桑利——金三角毒枭的爷爷 Lao Ta Saenlee 是 Khun Sa 幸存的最年长的同事。令人惊奇的是，他竟然获得了与吸毒作斗争的仁慈光环。 2003 年 6 月 12 日，63 岁的老塔（据信是金三角地区最大毒枭魏学康的重要副手）及其两个儿子 28 岁的 Vijan 和 24 岁的 Sukasem 在清迈被捕省，位于曼谷以北 700 公里（438 英里）处。在接下来的四到五天里，老塔和他的两个儿子乘飞机飞往清莱和清迈，并在政府当局的新闻发布会上游行，然后飞回曼谷。政府想通过这次逮捕来大肆宣传。

老塔面临四项非法持有 336 克的独立指控。贩运海洛因、贩运 400 公斤海洛因意图出售给马来西亚、雇佣枪手在清迈芳县谋杀一名男子以及非法持有枪支弹药。

到2007年，法院因检方证人证词相互矛盾而证据不足，驳回了贩毒和谋杀未遂指控。老塔因非法持有枪支罪被判处有期徒刑18个月。但此时，他已经在监狱里度过了四年——从2003年到2007年。

老塔住在靠近泰缅边境的Ban Huai San。在政府当局的书中，老塔显然是一个仁慈的人 - 是发展村庄和让人们远离毒品计划的一部分。他曾两次被清迈省授予最佳村长称号。"我每周都会警告我们的年轻人毒品的危险，"他常常说道。

但在他的小村庄里，老塔过着非常奢侈的生活。他将这一切归功于他的200英亩荔枝和茶园。他拥有一座巨大而豪华的宅邸。一辆宝马车。山上一座新的欧式豪宅即将竣工。其住所于芳。清迈的房子和银行里的200万美元。他还在附近的主干道上拥有一家小超市和一家加油站。他还拥有23位妻子，最小的只有18岁。"它们让我保持年轻，"他常常解释道。他戴着一块镶满钻石的劳力士腕表。老塔承认他曾经是一名鸦片商人，与前毒枭坤沙有联系，但他今天坚称自己是干净的。

警方派出便衣女警诱骗，联系老塔的毒品掮客，订购了约一公斤冰毒。老塔在他拥有的一家加油站送货，他的妻子收到了约定的55万泰铢付款。

警方随后下了更大的订单，订购了18.8公斤，报价为1100万泰铢。2016年10月11日，警方在加油站运送毒品时逮捕了老塔及其家人和同伙。警方还从他们身上检获了军用枪支和弹药。

老塔，80岁，还有另外四人：他的妻子浅间，70岁；Rapeekan Saimul 女士，60岁；他的儿子 Wicharn Saenlee，43岁，前 tambon Tha Ton 的 kamnan；40岁的 Buramee Barameekuakul 和 Buramee Barameekuakul 均来自清迈，于2016年在清迈被捕。

并被指控贩毒和非法持有枪支。

2017年12月13日，刑事法院裁定五名被告犯有贩毒和武器罪。老塔夫妇坦白了。法院将他的死刑减为无期徒刑，并将其妻子的无期徒刑减为25年。这对夫妇每人被罚款250万泰铢。上诉法院维持了下级法院的判决。这标志着金三角最丰富多彩、最古老的人物之一的最后一章。老塔从事毒品生意已有60多年。

Yaba - 非法安非他明 鸦片和海洛因已被 yaba（非法安非他明）所取代。魏的佤邦联合军（UWSA）控制地区的工厂正在生产数亿片亚巴药片。这些难民正越过缅甸边境进入泰国及其他地区。这一祸害正在困扰数百万用户，腐蚀政府官员并破坏泰国社会。泰国的禁毒政策惨遭失败。

2021年8月，泰国议会通过了一项新的禁毒法案，强调对小规模吸毒者的预防和治疗而非惩罚，并出台了更严厉的打击有组织犯罪的措施，这可能导致泰国监狱人满为患的囚犯人数下降。

该立法最初于2019年由巴育•占奥差（Prayuth Chan-ocha）总理内阁批准，整合了20多部与麻醉品相关的现有法律，其中一些法律自 1970 年代以来一直没有变化。这些范围包括与持有毒品、走私和分销有关的法律和处罚，以及没收与毒品和有组织犯罪有关的资产。

负责监督新禁毒法修改的泰国联合议会委员会主席、参议员查差万·苏苏姆吉特（Chatchawan Suksumjit）解释说，"新法律改变了旧的概念，即只强调镇压，因为更多的镇压并没有导致毒品根除"。

他澄清说："现在，惩罚将分为低级别，这意味着吸毒者将系统地接受治疗而不是入狱，而高级别犯罪者将面临更严厉的惩罚。"

据官方数据显示，泰国监狱系统内超过 30 万名囚犯中，目前有 80% 因与毒品有关的指控而被拘留。

泰国司法部长 Somsak Thepsuthin 早些时候表示，新立法成为法律后将导致近 5 万名囚犯减刑。

联合国毒品和犯罪问题办公室（UNODC）东南亚和太平洋地区代表杰里米·道格拉斯（Jeremy Douglas）形容新法案是"积极的"。

杰里米说："这自然会减少极端水平的监狱人口。""这对国家和地区来说都是一件大事。"

2022年6月9日，泰国成为亚洲第一个大麻合法化的国家。它还对某些毒品犯罪判处死刑（尽管十多年来没有对毒品犯罪执行过一次死刑）。目前的趋势是减少监禁水平并转向对吸毒提供健康应对措施）。

Sam Gor 和谢志罗布 Sam Gor，也被称为"公司"，被认为是负责目前行动的主要国际犯罪集团之一。
https://en.wikipedia.org/wiki/Golden_Triangle_(Southeast_Asia) - cite_note-18 该团伙由五个不同的三合会成员组成，其首领是出生于中国广州的黑帮谢志洛。谢志洛 (Tse Chi Lop) 于 2021 年 1 月 22 日在阿姆斯特丹史基浦机场被

捕。下一章将详细介绍他。

据信 Sam Gor 控制着亚太地区 40% 的冰毒市场，同时还贩运毒品

海洛因和氯胺酮。除缅甸外，该集团还活跃于泰国、老挝人民民主共和国、新西兰、澳大利亚、日本、中国和台湾等多个国家。该集团每年的收入高达 80 亿美元。

专家估计，2019年该地区毒品生产和贩运创造的利润至少为710亿美元，其中冰毒利润达610亿美元，是六年前的四倍。如今，甲基苯丙胺的生产和贩运是跨国有组织犯罪及其与他们合作控制缅甸自治区的少数民族武装团体的资金支柱，加剧了该国及其边境地区（包括与泰国边境）的冲突和不安全。

谢志洛 亚太最大毒枭

那么地球东部的毒枭呢？难道没有人可以与巴勃罗·埃斯科瓦尔、"矮子"华金·古兹曼以及来自哥伦比亚和墨西哥的其他人相媲美吗？有！但他们行事低调，并不为人所知。

上一次对亚洲顶级毒枭吴植豪的成功起诉和定罪发生在1975年5月。

吴植豪——香港毒枭、黑社会老大 吴适豪，1930年出生，潮州裔。吴因在街头斗殴中腿部受伤而赢得了"跛子何"或"跛行何"的绰号。媒体给他起了个绰号"大先生"。20世纪60年代中国大饥荒期间，他从中国大陆偷渡到香港。

吴从1967年开始从事鸦片和吗啡的非法生意。他的妻子郑月英也积极参与毒品交易。

https://en.wikipedia.org/wiki/Ng_Sik-ho - cite_note-KS1975-3吴氏建立了一个覆盖香港、澳门、泰国、台湾、新加坡、英国和美国的毒品帝国。

https://en.wikipedia.org/wiki/Ng_Sik-ho - cite_note-Choi_2018-2

吴先生于1974年11月2日被捕，罪名是从泰国和其他国家走私20吨鸦片和吗啡进入香港。1975年5月，吴被判处30年监禁，这是香港法院迄今为止判处的最长刑期。他的妻子随后被捕并于1975年2月23日被定罪16年监禁。她还被罚款100万元。

吴成为前同事马适春案的关键证人

https://en.wikipedia.org/wiki/Ng_Sik-ho - cite_note-ND-4他面临贩运海洛因和鸦片的指控。

https://en.wikipedia.org/wiki/Ng_Sik-ho - cite_note-Gough_2014-1

马锡骏与弟弟马锡如于1969年创立东方报业集团，旗下拥有中文报纸《东方日报》和热门新闻网站on.cc。在香港被指控走私鸦片和行贿的马氏兄弟逃往台湾——哥哥于1977年逃亡台湾，弟弟于1978年逃往台湾。由于台湾和香港之间没有引渡条约，他们无法被带回香港。弟弟马先生于1992年在台湾去世。哥哥于2015年6月15日在台湾台北荣民总医院去世。东方报业集团现由马锡骏之子马正发经营。

1991年4月，香港总督将吴氏减刑四年半，并计划于年底释放。但1991年7月，吴被诊断出患有晚期肝癌。他的医生预测他的生命不会超过六周。随后他的刑期进一步减轻。
https://en.wikipedia.org/wiki/Ng_Sik-ho - cite_note-WK19910909-6

吴在服刑16年后，于1991年8月14日因健康原因获释。他被转移到玛丽医院。几周后，他于1991年9月8日去世，享年61岁。1992年，他的妻子出狱。

在狱中，吴恩达皈依了佛门，他常说："富贵由天定，富贵由天定；生死由命"。

谢志罗普——亚太地区最大毒枭 谢志洛（Tse Chi Lop）是亚太地区国际犯罪超级集团*三哥（Sam Gor）*的老大，是当今最大的毒枭之一。谢先生1963年出生于中国广州。他于1988年移居加拿大。在多伦多，他加入了"大圈男孩"，这是"大圈帮"的一个派别，该组织最初是在20世纪60年代中国文化大革命期间由被监禁的毛泽东红卫兵成员组建的。

20世纪90年代，谢先生穿梭于北美、港澳台及东南亚地区。他晋升为一个走私团伙的中层成员，该团伙从金三角采购海洛因。金三角是缅甸、泰国、中国和老挝边境交界处的一个无法无天的鸦片产区。

1998年，谢因涉嫌贩毒罪在纽约东区法院受审。他被判犯有串谋将海洛因进口到美国的罪名，可能被判处无期徒刑。2000年，谢通过律师提出请愿，请求宽大处理。他对自己的罪行表示"极大的悲痛"。他表示，他生病的父母需要持续的照顾。他

12 岁的儿子患有肺部疾病。他的妻子不知所措。他声称，如果他被释放，他将改革并开一家餐馆。

他的恳求奏效了。谢被判处九年监禁，其中大部分时间在俄亥俄州埃尔克顿的联邦惩教机构度过。他于2006年被释放。他本应返回加拿大，并在接下来的四年内受到监督释放。目前尚不清楚谢霆锋何时返回亚洲故地，但政府记录显示，谢霆锋和妻子谢七洛于2011年在香港注册了一家公司——中国和平投资集团有限公司。

出狱后，谢很快重返毒品行业。他从离开的地方接起。他重建了与中国大陆、香港、澳门和金三角的联系。他在短短几年内通过创建"*三哥*"（粤语中的"三哥"）（也称为"公司"）而上台，这是一个由 5 个黑社会组成的联盟，同时有效地保持着自己的匿名性并在香港和澳门享受生活。

https://en.wikipedia.org/wiki/Tse_Chi_Lop - cite_note-11 三哥由五个不同的三合会组成： 14K 三合会、和成和、新义安、大圈帮和竹联会。该组织与许多其他当地犯罪集团有联系并有业务往来，例如日本的Yakuza 、Saturadarah mc 和 Comanchero 摩托车俱乐部以及澳大利亚的黎巴嫩和其他帮派。

谢开发并采用了一种独特且有吸引力的商业模式，事实证明，这种模式对他的客户来说是不可抗拒的。如果他运送的任何毒品被警察或任何其他当局截获，他会免费更换，或将押金退还给购买者。

他保证毒品交付的政策对生意非常有利，但这也让他受到了警察和缉毒机构的监视。2011 年，澳大利亚联邦警察（AFP）警员在墨尔本破获了一个进口海洛因和甲基苯丙胺（冰毒）的团伙。数量并不多，只有几十公斤。因此，法新社没有逮捕澳大利亚毒贩，而是对他们进行监视，窃听他们的手机，并密切观察他们一年多。

这是"昆古尔行动"的开始——一项秘密缉毒调查。"昆古尔行动"由澳大利亚联邦警察（AFP） 领导，涉及来自亚洲、北美和欧洲的约 20 个机构。这是迄今为止打击亚洲贩毒集团的最大规模的国际行动。其中包括来自缅甸、中国、泰国、日本、美国和加拿大的当局。台湾虽然没有正式参与此次行动,但正在协助调查。 令墨尔本毒品购买者沮丧的是,他们的非法产品不断被拦截。他们希望山姆·戈尔(Sam Gor)取代缴获的毒品。香港的三哥老板很恼火。他们在澳大利亚的其他贩毒团伙正在收集并出售毒品,没有发生任何事件。萨姆戈尔领导人的耐心逐渐消失。2013年,他们召集墨尔本支部领导人来港会谈。在那里,香港警方看到这名澳大利亚人会见了两名男子。

这两个人之一就是谢志洛(Tse Chi Lop)。他留着中分的头发,穿着随意,是典型的中国中年家庭男人的风格。然而,进一步的监控显示,谢霆锋花钱大手大脚,而且特别注重个人安全。无论在国内还是国外,他总是受到最多 8 名泰国踢拳手的警卫保护,作为安全协议的一部分,这些人会定期轮换。谢乘坐私人飞机出行。他曾在澳门赌场一晚上输掉了6600万美元。

谢每年都会在度假村和五星级酒店举办奢华的生日派对,并让家人和随行人员乘坐私人飞机。有一次,他在泰国的一个度假村待了一个月,在泳池边穿着短裤和 T 恤接待游客。

随着对谢的调查继续进行,法新社怀疑谢是向澳大利亚供应冰毒和海洛因的主要贩运者,并以摇头丸(俗称摇头丸)作为利润丰厚的副业。但直到 2016 年底,台湾年轻人蔡正泽在仰光机场被捕,三哥的庞大经营规模才显现出来。

2016年11月15日上午,接到缉毒局举报,仰光机场警方一直在仰光机场监视蔡正泽。有一次他们失去了他的踪迹。仰光机场警方并不知道蔡正泽是谁。蔡正准备返回台湾,带着 Jimmy Choo 皮包和两部手机穿过机场。蔡看起来很紧张,抓着自己起泡的手。这种抽搐引起了怀疑。蔡某被拦下搜查。他的每条大腿上都贴着一个小袋子,里面装有 80 克氯胺酮,这是一种强效镇静剂,同时也是派对毒品。"我们非常幸运能够逮捕他。事实上,这是一次意外。"指挥官后来说。

蔡告诉机场警方,他大腿上的袋子里装有"用于花卉和植物的农药或维生素"。他声称是一位朋友将它们送给他并转交给他的父亲。蔡某乘坐的航班即将起飞,机场并未进行氯胺酮药检。

仰光机场警方不相信这个解释,并将他拘留了一夜。第二天,缉毒人员出现在机场。一名警官从蔡一直在进行的监视工作中认出了他。但蔡拒绝说话。警方表示,他们后来在他的一部手机上发现的视频解释了他的沉默。视频显示一名男子哭泣并被捆绑。至少三名袭击者用喷灯烧他的脚,并用牛棒电击他。视频中还展示了一个用中国书法写着"忠天"的牌子———一个与黑社会有关的牌子。

据法新社一些官员称,遭受酷刑的男子声称从船上扔下了300公斤冰毒,因为他误认为一艘快速靠近的船只是一艘执法船。施刑者正在测试受害者说法的真实性。通过拍摄和分享视频,黑社会成员传递了关于对不忠行为的惩罚的信息。

蔡对贩毒集团的活动进行了细致的记录,但没有对信息的安全采取任何预防措施。这些手机包含大量照片和视频、社交媒体对话以及数千条通话和短信的记录。

在被捕前的两个多月里,蔡一直在缅甸各地为该集团敲定一笔巨额冰毒交易。调查人员发现了一家国际快递公司的一张单据的屏幕截图,其中记录了两批用于盛放中国散叶茶的包装运送到仰光的一个地址。至少从 2012 年开始,亚太地区的缉毒行动中就出现了每包往往含有一公斤冰毒的茶包。

蔡被捕两天后,缅甸警方突袭了仰光的一处地址,缴获了 622 公斤氯胺酮。当晚,他们在仰光码头捕获了1.1吨冰毒。截获毒品是一个大妙招。但缅甸警方却感到沮丧。9人被捕,除蔡某外,均为该犯罪团伙的下级成员,其中包括快递员和司机。他们无法让蔡说话。

随后出现了重大突破。在查看蔡手机上的大量照片和视频时,一名驻仰光的法新社调查员注意到他大约一年前参加的有关亚洲毒贩的情报简报会上有一张熟悉的面孔。他认出了加拿大人

——谢志罗布。2017年初，缅甸警方邀请法新社派遣情报分析小组前往仰光，对蔡的手机进行研究。

1975年越南战争结束后，澳大利亚成为亚洲黑帮有利可图的毒品市场。十多年来，法新社将所有大大小小的毒品案件历史档案输入数据库，该数据库已成为包含姓名、查获毒品的化学特征、电话元数据和监控情报的宝库。

法新社分析师将蔡手机的内容与他们的数据库进行了交叉引用。他们发现了与 2016 年在中国、日本和新西兰截获的三批冰毒有关的照片。随后，中国缉毒官员将蔡手机中的照片、电话号码和地址与中国查获的其他冰毒案件联系起来。

此前，各国缉毒警察均认为毒品是由不同犯罪团伙贩运的。现在很明显，所有的运输都是由一个组织完成的；蔡是"这个大型犯罪集团的高级成员之一"，该犯罪集团参与了多起"该地区的毒品案件、走私和制造案件"。

蔡在氯胺酮案中被判无罪，但仍在仰光监狱中，因与缉获冰毒有关的贩毒指控而接受审判。

冰毒天堂　警方怀疑，蔡某在缅甸期间，曾在全国各地进行毒品样本检测，组织快递员，并获取一艘渔船，将非法货物运至国际水域的一艘更大的船只上。他的手机里有用于运输冰毒的车辆、冰毒投放地点以及渔船的照片。

警方对蔡在缅甸交易的重建带来了另一个重大启示：冰毒生产中心已从中国南部省份转移到缅甸东北部边境的掸邦。三哥集团在中国的业务使他们能够轻松获得从珠江三角洲经济区的制药、化学和油漆工厂走私出的前体成分，例如麻黄碱和伪麻黄碱。掸邦给予 Sam Gor 基本不受执法机构阻碍的行动自由。

掸邦等半自治区的武装叛乱组织长期以来控制着大片领土，并利用毒品收入来资助与军方的频繁战斗。多年来，缅甸政府与反叛组织斡旋的一系列缓和关系给该地区带来了相对平静，并使得非法毒品活动得以猖獗。

分析师理查德·霍西在国际危机组织的一篇论文中写道："生产设施可以隐藏在执法部门和其他窥探者的视线之外，但又可以免受破坏性暴力的影响。""现在毒品产量和利润如此巨大，使掸邦的正规部门相形见绌。"

前往掸邦 Loikan 村的游客可以看到毒品带来的繁荣。这条双车道公路绕过被称为"死亡之谷"的深谷，来自康卡准军事组织的克钦族叛乱分子与缅甸军队冲突了数十年。现在，高端 SUV 呼啸而过，载着建筑材料和工人的卡车。

Kaung Kha 民兵完美无瑕、宽敞的新总部坐落在锯齿状的 Loi Sam Sip 山脉陡峭的绿色山丘之间的高原上。大约六公里外，在 Loikan 村附近，有一座建在茂密森林中的庞大毒品设施。警方和当地人称，该工厂生产大量冰毒、海洛因、氯胺酮和亚巴药片（一种与咖啡因混合的更便宜的冰毒形式）。该工厂于 2018 年初遭到突击搜查，安全部队缴获了超过 200,000 升前体化学品、10,000 公斤咖啡因和 73,550 公斤氢氧化钠——所有这些物质均用于毒品生产。

据法新社驻仰光的一名官员称，Loikan 设施"很可能"是 Sam Gor 集团大部分冰毒的来源。在一次报道的采访中，拥有 3000 名 Kaung Kha 民兵的通讯官 Oi Khun 表示，"一些民兵参与了该实验室。"他停顿了一下，然后补充道："但民兵高级成员并不知情"。

洛伊坎的一位人士描述了实验室的工作人员如何从山上下来。和大多数村民一样，这些人都是华人。但他们的穿着比当地人好，操着外国口音，浑身散发着难闻的气味。冰毒实验室经理和化学家大多是台湾人。许多在亚太地区运输毒品的犯罪网络的信使和船员也是如此。

单的超级实验室生产世界上最纯净的冰毒。"他们可以慢慢来，将（冰毒）撒在地上，让其干燥。"

据毒品和犯罪问题办公室估计，2019 年亚太地区冰毒零售市场每年价值在 30.3 至 614 亿美元之间。毒品和犯罪问题办公室的一名官员表示，冰毒的商业模式与海洛因"非常不同"

。"投入相对便宜,不需要大量劳动力,每公斤的价格更高,因此利润要高得多。"

毒品和犯罪问题办公室援引中国国家禁毒委员会的一份报告称,缅甸东北部生产的一公斤冰毒批发价低至 1,800 美元。据联合国机构称,泰国冰毒的平均零售价为每公斤 70,500 美元,澳大利亚为每公斤 298,000 美元,日本为每公斤 588,000 美元。对于日本市场来说,这已经是三百倍以上的涨幅。

据专家称,在该地区,有组织犯罪已经具备了继续发展业务所需的所有要素,包括生产领土、化学品获取渠道、已建立的贩运路线和运输产品的关系,以及大量人口消费能力达到目标

辛迪加赚的巨额资金意味着即使他们损失了十吨而只通过了一吨,他们仍然可以获得很大的利润。他们可以承受失败和癫痫发作。没关系。

对蔡手机的分析不断提供线索。警方在其中找到了安达曼海拾取点的 GPS 坐标,满载缅甸冰毒的渔船正在该处与能够在海上停留数周的毒品母船会合。

其中一艘母船是一艘台湾拖网渔船,名为"顺德满66"。2017 年 7 月上旬,约书亚·约瑟夫·史密斯(Joshua Joseph Smith) 走进西澳大利亚州首府珀斯的一家海事经纪公司,并支付了 35 万澳元(当时约合 26.5 万澳元)购买了一艘渔船 MV Valkoista,当时该船已经出海了。 。来自澳大利亚东海岸的 40 多岁的史密斯询问了晕船药的情况。据当地媒体报道,他当时没有钓鱼许可证。

2017 年 7 月 7 日购买该船后,史密斯将 Valkoista 号设置为从码头直接出发的航线,在印度洋与顺德曼 66 号相遇。会合后,瓦尔科斯塔号随后驶往偏远的西澳大利亚港口城市杰拉尔顿。2017 年 7 月 11 日,有人看到其工作人员将大量包裹"卸"进一辆货车。

据一些警官称,"我们知道有进口物品。我们了解有组织犯罪网络的方法。我们知道,如果一艘船空着离开并带着一些装备回来,那么它并不是从天上掉到海洋中央的。"

调查人员检查了闭路电视录像以及酒店、飞机和汽车租赁记录。一些澳大利亚毒贩的电话被窃听。很快人们就发现,史密斯的一些被指控的同谋是黎巴嫩族裔黑社会团伙的成员,以及地狱天使和科曼切罗摩托车团伙(在澳大利亚被称为"摩托党")的成员。

2017 年 8 月,史密斯的同事在曼谷与 Sam Gor 集团成员会面,达成了向澳大利亚进口 1.2 吨冰毒的协议。一个月后,澳大利亚人在珀斯重新集结。

骑自行车的人以疯狂的俱乐部派对和自封为局外人的神话而闻名,但他们的品味也很高雅。他们乘坐商务舱、入住五星级酒店并在最好的餐厅用餐。其中一间餐厅是位于珀斯的 Rockpool Bar & Grill,这是一家独特的牛排馆,拥有令人印象深刻的餐厅、带招牌木火烤架的开放式厨房。餐厅提供 104 页的酒单,提供 2300 种不同的葡萄酒,菜单包括鱼子酱和吐司,每份约 185 美元。

2017年11月27日,顺德曼66号再次起航,这次是从新加坡出发。这艘船向北驶入安达曼海,与一艘从缅甸运来冰毒的小船会合。随后,顺德曼号沿着印度尼西亚苏门答腊岛西海岸航行,最后沉入印度洋。

印度尼西亚海军观看,法新社聆听。

2017 年 12 月 19 日,当"顺德曼"号最终在西澳大利亚海岸附近的国际水域再次与"瓦尔科斯塔"号相遇时,调查人员听到一个亚洲声音在喊"钱,钱"。顺德曼号的船员有一张撕破的港币的半张。史密斯和他的团队拥有另一半。澳大利亚买家通过将自己的部分与顺德曼号船员持有的碎片进行比对来证明自己的身份,然后顺德曼号船员交出了冰毒。

Valkoista 号在波涛汹涌的海上经过两天的回程后抵达澳大利亚港口城市杰拉尔顿。这些人在黎明前的黑暗中卸下了毒品。蒙面的澳大利亚联邦警察和西澳大利亚警察携带攻击性武器闯入，缴获了毒品并逮捕了这些男子。史密斯承认进口商业数量的非法药物。他的一些被指控的同伙仍在接受审判。

台湾司法部调查局表示，它已"与同行合作调查"顺德曼66号，并称澳大利亚当局于2017年12月"缉获了大量非法毒品"。该局表示，"意识到台湾犯罪团伙参与了亚太地区的海上贩毒活动"，并正在"与我们的同行密切合作，打击这些犯罪团伙和跨境贩毒"。

用一位调查员的话来说，该集团的供应链非常复杂，而且运行得非常熟练，"必须与苹果的供应链相媲美"。

曾在东南亚驻扎十年的台湾警察大校李建志表示，"该集团资金雄厚，市场广阔……"这个网络所拥有的力量是难以想象的。"

调查人员已经取得了成功。2018 年 2 月，警方捣毁了缅甸的 Loikan 超级实验室，在那里发现了足以容纳 10 吨冰毒的茶叶品牌包装。当月，"顺德曼 66"号被印度尼西亚海军拦截，船上装有超过一吨冰毒。2018 年 3 月，Sam Gor 的一名重要中尉在柬埔寨被捕并被引渡到缅甸。

2018年12月，涉嫌犯罪集团行动头目Sue Songkittikul的住宅在泰国遭到搜查。这个被护城河环绕的大院位于缅甸边境附近，有一个小型冰毒实验室，警方怀疑该实验室被用来试验新配方；射程达 100 公里的强大无线电塔；以及从主楼到酒店后面的地下隧道。

Sue Songkittikul 并不在场，但在调查期间，与他相关的 38 个银行账户中的财产和资金被扣押，总计约 900 万美元。苏仍然在逃。

但离开金三角流向更广阔的亚太地区的毒品流量似乎有所增加。去年，东亚和东南亚的冰毒和亚巴缉获量增加了约 50%，达到 126 吨。与此同时，大多数国家的药品价格都有所下降。

毒品和犯罪问题办公室在 2019 年 3 月发布的一份报告中表示，这种价格下跌和缉获量增加的模式"表明该药物的供应已经扩大"。 来自东亚和东南亚的季度数据显示，2020 年第二季度疫情最严重期间缉获量有所下降。然而，缉获量从第三季度开始迅速反弹，这表明有组织犯罪团伙适应变化并利用该地区漏洞百出的边界的灵活性。柬埔寨、马来西亚和泰国等东南亚国家的结晶甲基苯丙胺批发价格有所下降，但纯度保持稳定，这表明对甲基苯丙胺的供应影响有限。

2021 年，东亚和东南亚缉获了创纪录的甲基苯丙胺数量（近 172 吨），首次记录到超过 10 亿粒甲基苯丙胺片剂。总数比 10 年前增加了 7 倍，当时查获的药片数量仅超过 1.43 亿粒，比近 20 年前增加了 35 倍以上。 2021 年还缉获了近 79 吨冰毒，大约是十年前缉获量 10 吨的八倍。

2021年，金三角甲基苯丙胺的供应也进一步扩大到南亚。印度东北部越来越多地缉获采用独特金三角包装和药片的冰毒，其模式与几年前的孟加拉国类似。

东南亚地区冰毒片剂和冰毒晶体的价格也持续下降。马来西亚和泰国报告称，随着供应量激增，2021 年批发价和街头价格已降至历史低点。"冰毒价格的下降尤其令人担忧，因为对于那些以前买不起的人来说，它变得更加容易获得。毒品和犯罪问题办公室全球 SMART 计划区域合成药物分析师 Kavinvadee Suppapongtevasakul 表示："增加使用的社会后果是严重的，整个地区的健康和减少伤害服务仍然有限。"

尽管甲基苯丙胺是该地区当局最关心的问题，但其他合成药物，特别是氯胺酮，也很容易获得。

Sam Gor 集团是一个灵活且难以捉摸的对手。当当局成功阻止毒品母舰后，Sam Gor 集团转而将其产品隐藏在集装箱中。当泰国阻止大部分冰毒通过卡车直接从缅甸越过边境时，该犯罪团伙改变了路线，通过老挝和越南进行运送。其中包括部署大批老挝人背着背包，每个背包里装有约 30 公斤冰毒，通过狭窄的丛林小道将其运入泰国。

据 BBC 报道，澳大利亚警方对谢志洛（Tse Chi Lop）进行了长达 10 年的追踪，直到 2021 年1 月 22 日他在阿姆斯特丹史基浦机场被捕，当时他正准备从那里飞往加拿大。荷兰警方在发出逮捕令和国际刑警组织红色扩散通知后，应法新社的要求采取了行动。荷兰警方发言人托马斯·阿林说："他已经在通缉名单上，根据我们收到的情报，他被拘留了。"

澳大利亚警方希望谢志罗在澳大利亚接受审判，并希望将其引渡。2021年6月，荷兰法院批准了澳大利亚的引渡请求。谢针对引渡决定向最高法院提出上诉。

谢否认自己是头目，并声称对他的逮捕实际上是澳大利亚当局安排的，并声称他们非法安排将他从台湾驱逐到加拿大，并在荷兰停留，以便在那里被捕。2022年6月，荷兰最高法院驳回上诉。法院认为可以将谢引渡到澳大利亚。谢已于 2022 年 12 月被引渡到澳大利亚接受审判。

谢是 Sam Gor Syndicate 的领导者，该集团主导着整个亚洲价值 700 亿美元的非法毒品市场。这位 58 岁的男子因其涉嫌企业的规模而被拿来与墨西哥毒枭华金·"矮子"·古兹曼相提并论。

联合国估计，2018 年该集团仅靠冰毒销售收入就可能高达 170 亿美元。谢的妻子是谢艳芬。目前还没有关于妻子的更多细节。

与此同时，在澳大利亚当局提出引渡请求后，66 岁的Lee Chung Chak （据称是 Sam Gor 的二把手）于 2020 年 10 月 1 日被泰国缉毒警察根据泰国法院发出的逮捕令逮捕。2022年6月，澳大利亚机构成功从泰国引渡李忠泽。他正在澳大利亚接受审判。

随着谢和李这两位头号人物的退出，三哥集团的等级制度和结构发生了动摇。但肯定会有其他人接手，生意也会像以前一样继续下去。

金新月

金新月区是亚洲两大经济区之一 非法鸦片产区。另一个是金三角。金新月地处中亚、南亚和西亚的十字路口。这个空间与阿富汗、伊朗和巴基斯坦这三个国家重叠，这三个国家的山区边缘形成了新月形。

金新月地区的鸦片生产历史比东南亚金三角地区更为悠久。金三角在20世纪80年代成为现代鸦片生产实体。大约三十年前，20世纪50年代中期，阿富汗开始大量生产鸦片，以便在邻国伊朗禁止罂粟种植后向伊朗供应鸦片。

20世纪70年代中期，政治不稳定加上长期干旱，导致金三角的供应中断。阿富汗和巴基斯坦增加了产量，成为西欧和北美的阿片剂主要供应国。20世纪80年代，金三角开始对鸦片和吗啡市场产生影响。为了满足不断增长的需求，金三角自此以来一直稳步增加产量。1991年，阿富汗成为世界第一鸦片生产国，产量为1,782吨（美国国务院估计），超过了曾是世界鸦片生产大国的缅甸。

苏阿战争是一场冲突，其中叛乱组织（统称为阿富汗圣战者组织）以及较小的毛派组织在整个20世纪80年代对苏联军队和阿富汗民主共和国政府进行了长达九年的游击战争，主要是在阿富汗乡村。圣战者组织得到了美国、巴基斯坦、伊朗、沙特阿拉伯、中国和英国的不同支持。2001年，为了报复9月11日的恐怖袭击，美国领导的入侵阿富汗期间，金新月地区的鸦片生产遭受了巨大打击，鸦片产量比2000年减少了近90%。

2007年，在鸦片生产的高峰期，金新月生产了8000多吨鸦片，占世界鸦片总产量约9000吨，几乎处于垄断地位。金新月区还主导着大麻脂市场，因为该地区的树脂产量很高（145 公斤/公顷），是摩洛哥（36 公斤/公顷）的四倍。金新月区还迎合了更大的市场——比金三角多约 64%。该公司生产 2,500 多吨阿片剂并将其销往非洲、欧洲、美洲和中亚,并向全球近950 万阿片剂使用者供应。

塔利班　塔利班,字面意思是"学生"或"探索者",是阿富汗的德奥班迪伊斯兰宗教政治运动和军事组织,被许多政府和组织视为恐怖分子。它是自称是阿富汗合法政府的两个实体之一,另外一个是国际公认的阿富汗伊斯兰共和国。

塔利班是由来自阿富汗东部和南部普什图地区的宗教学生(塔利班)组成的运动,他们在巴基斯坦的传统伊斯兰学校接受教育。1994 年 9 月,毛拉·穆罕默德·奥马尔 (Mullah Mohammad Omar)在他的家乡坎大哈 (Kandahar)与 50 名学生创立了该团体。1994年,塔利班成为阿富汗内战中的重要派别之一,主要由来自阿富汗东部和南部普什图地区的学生(塔利班)组成,他们在传统伊斯兰学校接受教育,并在苏阿战争期间参加战斗。战争。

https://en.wikipedia.org/wiki/Taliban - cite_note-massacreMazar, II-65在穆罕默德·奥马尔的领导下,该运动蔓延到阿富汗大部分地区,将权力从圣战者军阀手中夺走。穆罕默德·奥马尔一直担任塔利班最高指挥官,直至 2013 年去世。

1994 年 11 月 3 日,塔利班发动突然袭击征服坎大哈城。到1995年1月4日,他们控制了阿富汗12个省份。极权主义https://en.wikipedia.org/wiki/Taliban - cite_note-auto1-51996年阿富汗伊斯兰酋长国成立,首都迁至坎大哈。1996年塔利班掌权后,二十年的持续战争摧毁了整个阿富汗的基础设施和经济。从1996年到2001年,塔利班控制了阿富汗大约四分之三的地区。他们对伊斯兰教法(伊斯兰教法)执行严格的解释,直到9 月 11 日袭击后于 2001 年 12 月被美国领导的阿富汗入侵推翻。

缅甸海洛因产量下降是多年来不利的生长条件和政府新的强制根除政策的结果。

https://en.wikipedia.org/wiki/Golden_Crescent -

cite_note-Interpol-1同一时期，阿富汗海洛因产量有所增加，但据称由于塔利班针对海洛因生产的追杀令，2001 年产量显着下降。

https://en.wikipedia.org/wiki/Golden_Crescent - cite_note-Interpol-1塔利班为了寻求国际合法性，于 2000 年禁止种植罂粟。但据专家称，他们遭到了民众的强烈反对，后来改变了立场。阿富汗生产了世界上90%以上的非法鸦片。除阿片剂外，阿富汗还是世界上最大的大麻生产国。

https://en.wikipedia.org/wiki/Golden_Crescent - cite_note-3

美国在 15 年里花费了超过 80 亿美元，努力剥夺塔利班从阿富汗鸦片和海洛因贸易中获得的利润——从铲除罂粟到空袭和袭击可疑实验室。这个策略失败了。2021 年 8 月，美国结束了最长的战争。阿富汗仍然是世界上最大的非法鸦片供应国，而且随着塔利班在喀布尔掌权，这种情况似乎肯定会继续下去。

阿富汗农民在决定种植多少罂粟时会权衡几个因素。这些范围从年降水量、罂粟的主要替代作物小麦的价格到世界鸦片和海洛因的价格。

然而，即使在干旱和小麦短缺、小麦价格飙升的情况下，阿富汗农民仍然种植罂粟并提取鸦片胶，将其提炼成吗啡和海洛因。近年来，许多农民安装了中国制造的太阳能电池板，为深水井供电。

据毒品和犯罪问题办公室称，过去四年中有三年阿富汗鸦片产量达到最高水平。尽管 COVID-19 大流行肆虐，2020 年罂粟种植面积仍猛增 37%。美国国务院前阿富汗问题顾问巴尼特·鲁宾表示，非法毒品是"该国除战争之外最大的产业"。

据毒品和犯罪问题办公室报告，2017 年鸦片产量估计达到历史最高水平，达到 9,900 吨，农民销售额约为 14 亿美元，约占阿富汗 GDP 的 7%。当考虑到出口和当地消费的药品价值以及进口前体化学品时，毒品和犯罪问题办公室估计该国当年的非法阿片经济总量约为66亿美元。

哈吉·巴希尔·努尔扎伊　令人惊讶的是，阿富汗几乎没有人因毒品相关指控而被定罪。一个值得注意的例外是前阿富汗毒枭哈吉·巴希尔·努尔扎伊（Hajji Bashir Noorzai）。https://en.wikipedia.org/wiki/Bashar_Noorzai_-_cite_note-newyorker2015-12-06-1最初，他是塔利班运动的支持者，也是已故塔利班创始人毛拉·穆罕默德·奥马尔的密友。1979年至1989年，他与占领阿富汗的苏联军队作战。穆罕默德·奥马尔躲藏起来后，努尔扎伊被留下负责坎大哈。努尔扎伊向塔利班政权提供炸药、武器和民兵。

2001年9月11日袭击事件发生时，努尔扎伊正在奎达。不久后他返回阿富汗。2001年11月，他在靠近阿富汗和巴基斯坦边境的斯宾博尔达克会见了他自称是美国军方官员的人。当时，由美国特种部队和情报人员组成的小队正在阿富汗寻求部落首领的支持。据他的律师称，努尔扎伊被带到坎大哈，在那里他被美国人拘留并审问了六天，有关塔利班官员和行动的情况。他同意与他们合作并被释放。2002年1月下旬，他交出了15卡车武器，其中包括塔利班在其部落境内藏匿的约400枚防空导弹。2004年6月1日，美国国务院根据《外国毒枭认定法》对努尔扎伊实施制裁，并将其列入世界头号毒枭名单。

尽管他是美国头号通缉毒犯之一，但在他的经纪人向他保证他不会被捕后，他同意前往纽约市接受情况汇报。但抵达纽约十天后，他被捕。

https://en.wikipedia.org/wiki/Bashar_Noorzai_-_cite_note-newyorker2015-12-06-12005年4月，美国纽约市当局逮捕了努尔扎伊。他被指控试图向美国走私价值超过5000万美元的海洛因。在2008年的审判中，努尔扎伊由纽约知名刑事辩护律师伊万·费舍尔（Ivan Fisher）代理。此案引发了人们对美国海外外交政策的重大质疑。2008年，努尔扎伊因向美国走私价值5000万美元的海洛因而被定罪。2009年4月30日，法官Denny

Chin判处努尔扎伊终身监禁。新的塔利班政府希望他回来。2022 年 9 月，美国通过与自 2020 年以来一直被关押在阿富汗的美国海军退伍军人马克·弗雷里希斯 (Mark Frerichs) 进行囚犯交换而释放了他。

在美国领导的入侵阿富汗之后，另一位毒枭哈吉·朱马·汗 (Haji Juma Khan) 突然声名鹊起。2001 年塔利班垮台后，他曾被美国军队短暂拘留，但尽管美国官员知道他参与毒品贩运，但他还是被释放了。努尔扎伊被捕后，他接管了毒品生意。2008年，他在印度尼西亚因不明原因被拘留，并被送往纽约。2018 年 4 月的某个时候，他在没有任何未决指控或审判的情况下被悄悄释放。

麦德林和卡利贩毒集团

近四分之一世纪以来,哥伦比亚有两个主要贩毒集团——麦德林贩毒集团和卡利贩毒集团。

麦德林贩毒集团得名于麦德林市——安蒂奥基亚省首府,距波哥大约 23 公里。麦德林贩毒集团的创始人(1993 年 12 月 2 日被杀)是巴勃罗·埃斯科瓦尔·加维里亚(Pablo Escobar Gaviria)。

埃斯科瓦尔童年时是一个小骗子,后来通过无情地绑架和杀害敌人而迅速掌握权力。他于1976年建立了麦德林贩毒集团,为自己树立了罗宾汉的形象,为当地人提供就业机会、无息贷款和住房。

1983 年 4 月,麦德林河淹没了河岸,摧毁了数百名拾荒者的棚屋。一周后,埃斯科瓦尔抵达那里,并承诺为无家可归者提供新房子。下个月,360 个家庭搬进了位于城市上方小山上的"Barrio Pablo Escobar"的新房,里面有管道、电力和花园。这些家庭只需支付电费和水费。毒贩如此富有,以至于在 1984 年,他们提出免除该国的全部债务以换取大赦。政府拒绝了这一提议。

卡利贩毒集团得名于哥伦比亚西部卡利河畔的卡利市。它比麦德林市还要古老。卡利贩毒集团是由职业银行家吉尔伯托·罗德里格斯·奥雷苏埃拉(Gilberto Rodriguez Orezuela)创立的一群松散的毒贩;他的兄弟米格尔是一名律师;和三弟何塞·桑塔克鲁斯·隆多尼奥(José Santacruz Londoño)。

美国的角色 美国是这一非法毒品贸易的主要受害者,来自哥伦比亚和其他拉美国家的可卡因80%流入美国。美国政府一直向毒品生产国和供应国提供大量资金用于禁毒活动。但麦德林和卡利贩毒集团极其强大且残忍。他们提供巨额贿赂,如果拒绝，就干脆消灭掉那些妨碍他们的人。

哥伦比亚法院因腐败而士气低落，几乎因恐惧而瘫痪，不愿意支持或继续打击强大的毒贩。每次定罪后都会遭到报复性谋杀。难怪连最高法院都拒绝执行美哥伦比亚引渡条约。

1989 年 1 月 18 日，麦德林贩毒集团屠杀了来到巴兰卡韦梅哈进行调查的司法委员会的全部 12 名成员。1989 年 8 月 16 日，波哥大高级刑事法院法官卡洛斯·恩里克·巴伦西亚·加西亚 (Carlos Henrique Valencia Garcia) 签署了麦德林毒贩冈萨洛·罗德里格斯·加查 (Gonzalo Rodriguez Gacha) 的逮捕令，后者被指控于 1987 年 10 月谋杀了左翼政治家杰米·帕尔多·莱尔 (Jaime Pardo Leal)，之后，他们谋杀了他。1989 年 8 月 18 日，警察局长上校。曾成功组织对麦德林贩毒集团毒品生产中心的突袭的瓦尔德马·弗兰林被谋杀。

同一天，被视为未来总统的路易斯·卡洛斯·加兰·萨尔米内托也被谋杀，因为他直言不讳地谴责主要毒贩对国家政治和经济生活的统治。麦德林贩毒集团对他的谋杀案发出了 500,000 美元的死刑令 (supari)。

一连串的谋杀案导致总统维吉利奥·巴尔科·巴尔加斯宣布了一系列紧急措施，这实际上相当于对麦德林贩毒集团的镇压。他呼吁美国总统增加援助。乔治·布什总统立即作出回应，提供总额为 6500 万美元的紧急军事计划。埃斯科瓦尔进行了反击。他宣布悬赏 4,000 美元，奖励任何杀害一名警察的人，并威胁说，每下令将一名毒贩驱逐到美国，就会杀死 10 名法官。

1989年12月15日，哥伦比亚警察缉毒队在波哥大以北600公里处枪杀了麦德林贩毒集团的军事首领冈萨洛·罗德里格斯·加查。

1990年8月11日，哥伦比亚安全部队在麦德林镇枪杀了麦德林贩毒集团时任头目古斯塔沃·德赫苏斯·加维里亚·里韦罗（

因为真正的头目、古斯塔沃的表弟巴勃罗·埃斯科瓦尔·加维里亚躲藏起来）。

为了制止疯狂的杀戮，1990年10月8日，哥伦比亚政府向毒贩保证，如果他们自愿自首，就不会被引渡到美国，而且他们的刑期将大大减轻。1989年至1991年间，哥伦比亚逮捕了26名卡特尔成员并将其驱逐到美国。但1991年1月19日，哥伦比亚国会废除了允许引渡毒贩的法律，并于1991年7月5日生效的新宪法禁止引渡。 埃斯科瓦尔于 1991 年投降，但按照他自己的条件投降。他不会被驱逐到美国，而是会被关在按照他的要求建造的监狱里，表面上是为了他的安全。专门为他建造的监狱有游泳池、网球场、桑拿浴室、电话、传真和私人保安人员。事实上，埃斯科瓦尔就是在这座所谓的监狱里控制着他的毒品帝国的。

"毒品恐怖主义"一词是秘鲁前总统费尔南多·贝朗德·特里于 1983 年在描述针对该国缉毒警察的恐怖袭击时创造的。毒品恐怖主义最初是指毒品贩运者试图通过暴力和恐吓影响政府或社会的政策，并通过有系统地威胁或使用此类暴力来阻碍禁毒法的执行。 。

1984年至1993年期间，哥伦比亚被认为是遭受多起巴勃罗·埃斯科瓦尔等毒贩对哥伦比亚政府发动恐怖袭击的国家之一。
1984 年 4 月 30 日，麦德林贩毒集团的一名摩托车枪手杀害了司法部长罗德里戈·拉拉·博尼利亚。
1985年11月6日上午11时35分，三辆载着35名游击队员（25名男性和10名女性）的车辆从地下室进入哥伦比亚司法宫。与此同时，另一群伪装成平民的游击队占领了一楼和正门。游击队杀害了保安尤洛吉奥·布兰科（Eulogio Blanco）和赫拉尔多·迪亚斯·阿贝莱兹（Gerardo Díaz Arbeláez）以及大楼经理豪尔赫·塔德奥·梅奥·卡斯特罗 （Jorge Tadeo Mayo Castro）。官方报告判断游击队策划的接管行动是一次"血腥接管"。
https://en.wikipedia.org/wiki/Palace_of_Justice_siege - cite_note-Judicatura. 2005 p. 102-11据官方消息称，游

击队"开始胡乱射击,并引爆震动建筑物的炸弹,同时高呼赞扬M19的战斗口号"。

M-19 在对大楼的最初袭击中损失了一名游击队员和一名护士。https://en.wikipedia.org/wiki/Palace_of_Justice_siege - cite_note-Judicatura._2005_p._173-13游击队消灭了守卫大楼的保安人员后,在楼梯和四楼等战略地点设置了武装哨所。由指挥官路易斯·奥特罗率领的一群游击队爬上四楼,绑架了最高法院院长、首席大法官阿方索·雷耶斯·埃昌迪亚。https://en.wikipedia.org/wiki/Palace_of_Justice_siege - cite_note-Judicatura._2005_p._173-13与此同时,许多人质躲在一楼空荡荡的办公室里,一直躲到下午2点左右。

袭击者劫持了300人作为人质,其中包括24名法官和其他20名法官。游击队索要的第一个人质是最高法院法官兼宪法法院院长、当时称为萨拉宪法法院的曼努埃尔·高纳·克鲁斯,https://en.wikipedia.org/wiki/Palace_of_Justice_siege - cite_note-14负责传达法院关于哥伦比亚与美国之间引渡条约是否符合宪法的裁决的人质 在初次扣押后约三个小时,军队解救了约 200 名人质https://en.wikipedia.org/wiki/Palace_of_Justice_siege - cite_note-15建筑物的下三层和幸存的枪手以及剩下的人质占据了上两层。 M-19成员通过电话要求贝利萨里奥·贝坦库尔总统前往司法宫进行谈判。总统拒绝了。夺回该建筑的行动从当天开始,一直到1985年11月7日陆军部队冲进司法宫并占领为止。

装甲骑兵营营长阿方索·普拉萨斯·维加上校亲自指挥了这次行动。对司法宫的围攻和随后的袭击是哥伦比亚在与左翼叛乱分子的战争中最致命的袭击之一。 98人死亡。2010年,退役上校阿方索·普拉萨斯·维加(Alfonso Plazas Vega)因涉嫌参与围困后强迫失踪事件而被判处30年监禁。然而,2015年12月16日,哥伦比亚最高法院以5

比 3 的投票结果宣布普拉萨斯·维加上校无罪，并免除了他此前 30 年的监禁。

阿维安卡航空 203 号航班是哥伦比亚国内客运航班，从波哥大埃尔多拉多国际机场飞往哥伦比亚卡利阿方索·博尼利亚·阿拉贡国际机场。这架飞机是 1966 年制造的波音 727-21。1989 年 11 月 27 日，它在索查市上空被塑料炸药炸毁。https://en.wikipedia.org/wiki/Avianca_Flight_203 - cite_note-20years-1机上107人以及地面3人全部遇难。

这次爆炸是麦德林贩毒集团毒枭巴勃罗·埃斯科瓦尔下令杀害 1990 年总统候选人塞萨尔·加维里亚·特鲁希略的。幸运的是，塞萨尔·加维里亚·特鲁希略并不在飞机上。他幸存下来并赢得了总统选举。

卡利贩毒集团想要消灭埃斯科巴。1989年，他们聘请土木工程师豪尔赫·萨尔塞多·卡布雷拉（Jorge Salcedo Cabrera）帮助他们刺杀巴勃罗·埃斯科巴（Pablo Escobar）。萨尔塞多此前曾代表英国突击队工作，与哥伦比亚政府合作对抗哥伦比亚革命武装力量。他们雇佣萨尔塞多是因为他过去结识并雇佣了一群雇佣兵，在哥伦比亚军方批准的一项行动中对左翼游击队发动战争。该雇佣兵团由12名前特种作战士兵组成，其中包括英国特种空勤部队。萨尔塞多认为这是他的爱国责任，并接受了将雇佣兵带回哥伦比亚的协议，并帮助策划刺杀巴勃罗·埃斯科瓦尔的行动。这群英国退伍军人接受了这个提议。卡利贩毒集团为雇佣兵提供食物、住房和武器。

萨尔塞多原计划在埃斯科瓦尔的那不勒斯庄园袭击他。他们训练了几个月，直到听说埃斯科瓦尔将留在大院庆祝他的足球队的胜利。他们计划使用两架全副武装的休斯500武装直升机进入大院 https://en.wikipedia.org/wiki/MD_Helicopters_MD_500清晨，直升机杀死了埃斯科瓦尔。为了迷惑旁观者，他们将直升机涂成警察直升机的样子。他们起飞前往大院，但其中一架直升机坠毁在距离大院几分钟路程的山坡上。飞行员在事故中丧生。计划流产，他们不得不前往茂密的山腰执行救援任务。

杀害埃斯科瓦尔的第二个阴谋是使用一架私人剩余的A-37 蜻蜓对地攻击喷气轰炸机轰炸监狱。卡利贩毒集团与萨尔瓦多有联系——一名萨尔瓦多军方将军非法向他们出售了四枚 500 磅重的炸弹，价格约为 50 万美元。

萨尔塞多飞往萨尔瓦多，监督捡起炸弹并将其带到机场的计划，一架民用飞机将在那里着陆，捡起炸弹并将其运往哥伦比亚。但当飞机降落在机场时，他们发现这是一架小型公务机。他们试图装填四枚炸弹，原计划需要几分钟，但实际花了 20 多分钟。这时，一群平民聚集在机场，好奇地想知道发生了什么。狭小的客舱只能容纳三枚炸弹。喷气式飞机起飞了。萨尔塞多放弃了第四枚炸弹并返回了他的酒店。第二天一早，新闻里就充斥着前一天晚上的活动。

https://en.wikipedia.org/wiki/Cali_Cartel - cite_note-Salcedo-57萨尔塞多险些逃脱萨尔瓦多并被捕，随后这辆拙劣的皮卡被曝光。

https://en.wikipedia.org/wiki/Cali_Cartel - cite_note-DevilsTable-58执法机构发现了这枚炸弹，并逮捕了一些参与行动的人员。他们向当局讲述了用炸弹杀死埃斯科巴的阴谋。

1992年，当埃斯科瓦尔的审判即将开始时，政府想将他转移到普通监狱。他不同意。政府中间人试图说服他，但他拒绝了，并且直接走开了。

埃斯科瓦尔积累了大量财富。《福布斯》杂志将他评为1989年至1991年世界首富，1989年个人财富约为30亿美元。他甚至为自己的生意拥有两艘潜艇和一个小型私人飞机机队。

1993年12月2日，埃斯科巴头上顶着870万美元，被500名警察和士兵包围并被枪杀。成千上万的哀悼者哀悼他的去世。他在家乡已成为名人——向慈善机构慷慨捐赠，为穷人建造房屋，并鼓励足球运动。埃斯科瓦尔的死实际上标志着麦德林贩毒集团霸权的终结。卡利贩毒集团接管了哥伦比亚80%的毒品生意。

巴勃罗·埃斯科瓦尔（Pablo Escobar）在麦德林最时尚的地区之一埃尔波夫拉多区（El Poblado）的一栋名为摩纳哥（Monaco）的建筑里住了几年，实际上是一栋带有顶层公寓的八层钢筋混凝土大楼，直到 1988 年遭到竞争对手的轰炸。埃斯科瓦尔家族废弃了这座建筑，埃斯科瓦尔去世后，这座建筑一直空置了 25 年多。

摩纳哥大厦是一个受欢迎的旅游景点。"可卡因大王"埃斯科瓦尔在哥伦比亚被许多人视为罗宾汉式的人物，因为他乐善好施，并将其巨额财富的一部分分配给麦德林的穷人。

据一些官员称，1983年至1994年间，哥伦比亚的毒品暴力导致46,612人死亡，其中埃斯科瓦尔是其中大部分的受害者。自 2018 年以来，参观这座大楼的游客不断看到海报，告知他们死亡人数的惨重，其中包括平民、警察、记者和法官。

哥伦比亚政府希望通过讲述受害者的故事，揭示麦德林暴力过去的阴暗面。这涉及拆除摩纳哥大楼。

麦德林市政厅在推特上写道："这不是要抹去历史，而是从正确的角度讲述故事；受害者和无辜英雄的故事。"

2019 年 2 月 22 日，摩纳哥大楼在一次向约 1,600 人（其中包括埃斯科巴部分受害者家属）的公开表演中被炸药夷为平地，此举是为了改变毒枭故事的讲述方式。

哥伦比亚总统伊万·杜克飞赴麦德林观看拆除工程，称拆除工程"标志着非法文化的失败"。

"这意味着历史不会从肇事者的角度来书写"。

哥伦比亚政府计划将这处房产改造成纪念场所，以纪念 20 世纪 80 年代和 90 年代在与当局的血腥战争中丧生的毒品交易受害者。

那不勒斯庄园和河马 埃斯科瓦尔品味奢华、精致。他建造或购买了许多住宅和安全屋，其中那不勒斯庄园是最令人惊叹的。这座豪华住宅包含一座殖民时期的房屋、一个雕塑公园和一个完整的动物园，里面有来自各大洲的动物，包括大象、珍奇鸟类、长颈鹿，甚至还有河马。埃斯科瓦尔计划在附近建造一座希腊风格的城堡。虽然城堡的建设已经开始，但从未完成。

埃斯科巴去世后，政府根据一项名为 Extinción de Dominio（域名灭绝）的法律，将那不勒斯庄园的牧场、动物园和城堡赠予低收入家庭。该物业已改建为主题公园，周围有四家俯瞰动物园的豪华酒店。

埃斯科瓦尔在他那不勒斯庄园的私人动物园里引进了四只河马。埃斯科瓦尔死后，人们认为它们太难抓住和移动。他们被留在无人照管的庄园里。到 2007 年，河马数量增加到 16 只，并开始在附近的马格达莱纳河地区漫步寻找食物。 2009年，两只成年牛和一只小牛逃离了牛群，在攻击人类并杀死牛后，其中一只成年牛（称为"佩佩"）在当地政府的授权下被猎人杀死。截至 2014 年初，据报道安蒂奥基亚省特里温福港有 40 头河马。2021年，河马数量增加到80头左右。许多河马可能必须被扑杀。

https://en.wikipedia.org/wiki/Pablo_Escobar - cite_note-83

有很多关于埃斯科巴的书籍。Netflix 剧集《毒枭》非常受欢迎。关于埃斯科瓦尔的故事和电影实际上美化了毒枭的生活。

1994年至1998年担任哥伦比亚总统的埃内斯托·桑佩尔·皮萨诺表示，他的政府将重新审查向贩毒集团领导人提供宽松投降条件的政策，以此作为遏制毒品贸易的最快捷方式。他宣布任命一个委员会来提出建议，以确保司法系统充分处理毒贩。

自1994年以来，美国花费大量资金对哥伦比亚古柯作物进行空中熏蒸和人工销毁。但熏蒸飞机被摧毁。事实证明，手动消灭是相当危险的。大批根除者或护送他们的安全部队被伏击、狙击手、地雷和隐藏在古柯植物中的简易爆炸装置杀死。还有数百人受伤。

2000年，美国开始资助哥伦比亚计划，旨在根除毒品作物并对被指控从事毒品恐怖主义的毒枭采取行动。这种情况在美国布什政府时期继续存在。美国对哥伦比亚的事态并不满意。总统在向国会和美国人民提交的报告中严重关切地指出,最高法院的一项决定实际上使某些药物的使用和拥有数量合法化,为哥伦比亚人的健康和福祉造成了危险的气氛。公民;哥伦比亚政府没有逮捕或起诉贩毒集团的任何领导人;继续就宽大的辩诉交易协议进行谈判;几乎没有采取任何行动迫使贩运者放弃其非法所得;更糟糕的是,哥伦比亚政府无法保证证人及其家人的安全,也无法有效利用美国提供的证据。因此,美国政府暂停与哥伦比亚政府在新的毒品案件中分享证据。

卡利卡特尔的兴衰 卡利卡特尔成立于20世纪70年代,围绕卡利市和考卡谷省周围。该组织最初是一个被称为"Las Chemas"的绑架团伙,由路易斯·费尔南多·塔马约·加西亚领导。拉斯切马斯涉及多起绑架事件,其中包括两名瑞士公民——外交官赫尔曼·巴夫和学生扎克·"爵士·米利斯"·马丁。据报道,绑匪收到了70万美元的赎金,据信这笔钱被用来资助他们的贩毒帝国。

拉斯切马斯集团首先参与贩运大麻。由于该产品的利润率较低,而且需要大量的运输才能覆盖资源,这个羽翼未丰的组织决定将重点转向可卡因——一种更有利可图的药物。20世纪70年代初,该贩毒集团派赫尔默·埃雷拉(Hélmer Herrera)前往纽约市建立分销中心,当时美国缉毒局(DEA)认为可卡因不如海洛因重要。

卡利卡特尔的创始人是三兄弟:吉尔伯托·罗德里格斯·奥雷胡埃拉、米格尔·罗德里格斯·奥雷胡埃拉和何塞·桑塔克鲁斯·隆多尼奥。20世纪80年代末,他们脱离了巴勃罗·埃斯科巴(Pablo Escobar)和他在麦德林的同事。当赫尔默·"帕乔"·埃雷拉(Hélmer "Pacho" Herrera)加入该集团后,该集团成为了一个由四人组成的执行委员会,负责运营该卡特尔。

据信,一名受雇刺客试图在埃雷拉参加体育赛事时刺杀他。枪手用机枪向埃雷拉坐着的人群开枪,造成19人死亡。不过,他并没有击中埃雷拉。据信,埃雷拉是"洛斯佩佩斯"组织的创始成员之一，该组织与当局合作，意图杀害或抓捕巴勃罗·埃斯科巴。

卡利贩毒集团是一个由独立犯罪组织组成的紧密集团，与领导人巴勃罗·埃斯科瓦尔领导下的麦德林集团的集权结构不同。根据时任缉毒局局长托马斯·康斯坦丁的说法，卡利贩毒集团最终成为"我们所知道的最大、最强大的犯罪集团"，

它的成员更像是受人尊敬的商人。卡利团体被昵称为"Los Caballeros de Cali"（"卡利绅士"）。卡利贩毒集团的暴力程度低于麦德林贩毒集团。麦德林和卡利贩毒集团之间存在相互争斗，涉及无数残酷的杀戮。在争斗最激烈的时候，每天都会发生 10 到 15 起杀戮事件。

埃斯科瓦尔被消灭后，卡利贩毒集团成为第一大贩毒集团。在1993年至1995年统治的鼎盛时期，卡利贩毒集团控制了全球80%以上的可卡因市场，并直接推动了欧洲可卡因市场的增长，控制了欧洲80%的市场。

https://en.wikipedia.org/wiki/Cali_Cartel - cite_note-king-3 到 20 世纪 90 年代中期，卡利卡特尔的国际贩毒帝国已成为年营业额达 70 亿美元的犯罪企业。卡利卡特尔在贩运和生产方面做出了多项创新。它将炼油业务从哥伦比亚转移到秘鲁和玻利维亚。它开辟了穿越巴拿马的新贩运路线。卡利卡特尔还涉足鸦片业务，据报道还聘请了一位日本化学家来帮助其精炼业务。吉尔伯托成为劳工银行董事会主席。据信该银行被用来为卡利贩毒集团以及巴勃罗·埃斯科瓦尔的麦德林贩毒集团洗钱。

1995年6月4日，哥伦比亚警方逮捕了卡利贩毒集团的创始人之一、卡利贩毒集团第三重要领导人圣克鲁斯·伦敦。

1995年6月9日，他们逮捕了卡利贩毒集团的重要成员吉尔伯托·罗德里格斯·奥雷苏埃拉。其他几名重要成员投降了。麦德林和卡利贩毒集团实际上都被摧毁了。但小定时器出现并接管了这个行业。

1996 年 7 月，卡利贩毒集团的一名代号为"玛丽亚"的美国

缉毒局女线人向美国参议院外交关系委员会提出指控,称尽管1995 年六名卡利贩毒集团领导人被关在哥伦比亚的监狱中,卡利贩毒集团仍卡特尔尚未被清算。领导人继续在监狱内部控制业务。她进一步指出,总统埃内斯托·桑佩尔·皮萨诺与卡利贩毒集团有联系,并从他们那里拿走了钱。然而,1996年,哥伦比亚国会免除了总统埃内斯托·桑佩尔·皮萨诺与毒品相关的腐败指控。哥伦比亚 1991 年宪法禁止引渡。1996年10月23日,哥伦比亚参议院委员会批准了一项拟议的宪法修正案,重新引入引渡被通缉到其他国家受审的哥伦比亚国民的规定。这项修正案是在美国压力下做出的

1997年1月17日,卡利法院以贩毒、资产非法增加和共谋罪判处1995年被捕的卡利贩毒集团两兄弟米格尔·罗德里格斯·奥雷胡埃拉(Miguel Rodrigues Orejuela)和吉尔伯托·罗德里格斯·奥雷胡埃拉(Gilberto Rodrigues Orejuela)分别8年和10年监禁。他们因认罪并遵守哥伦比亚的辩诉交易法而获得减刑。他们因在监狱工作而获得的刑期可以进一步减少百分之五十。吉尔伯托和米格尔于 2006 年被引渡到美国。2006 年 9 月 26 日,两人在佛罗里达州迈阿密的一家法庭上承认了共谋向美国进口可卡因的指控,并同意没收 21 亿美元的资产。然而,该协议并未要求他们在其他调查中进行合作。他们全权负责查明可卡因贩运所产生的资产。哥伦比亚官员突袭并查封了 Drogas la Rebaja 药房连锁店,解雇了其 4,200 名员工中的 50 名,理由是他们"为卡利贩毒集团的利益服务"。

兄弟俩认罪,以换取美国同意不对他们的家人提出任何指控。两人均被判处 30 年监禁。他们的律师大卫·奥斯卡·马库斯和罗伊·卡恩为 29 名家庭成员获得了豁免权。吉尔伯托·罗德里格斯·奥雷胡埃拉 (Gilberto Rodríguez Orejuela) 正在北卡罗来纳州巴特纳 (Butner) 联邦惩教所服刑 30 年,这是一所位于北卡罗来纳州的中等安全设施,刑满释放日期为 2030 年 2 月 9 日,届时他将年满 90 岁。

2012年后,哥伦比亚的古柯种植量增加到前所未有的水平。当哥伦比亚政府同意将米格尔·罗德里格斯-奥雷胡埃拉和吉尔

伯托·罗德里格斯-奥雷胡埃拉引渡到迈阿密，接受他们经营世界上最大的可卡因贩毒集团的指控时，他们达成的谅解是，兄弟俩不会因 1997 年之前犯下的行为而受到审判。这符合哥伦比亚政府与美国的引渡条约

如今，哥伦比亚的可卡因贸易不再由大型卡特尔主导，而是由分散的武装和犯罪集团组成。其中包括民族解放军游击队前线；海湾部族新准军事组织；几个哥伦比亚革命武装力量持不同政见团体；一些区域犯罪组织；哥伦比亚规模小、普遍低调的有组织犯罪结构；以及巴西、墨西哥和委内瑞拉贩运犯罪组织的代表。这些团体经常相互对抗，但也经常合作。一旦可卡因离开哥伦比亚领土，被哥伦比亚人贩运的可能性就比 20 或 25 年前要小得多。

Queenpin Griselda Blanco - 马德里娜或教母 毒品交易中几乎所有的最高领导人或"头目"都是男性。格里塞尔达·布兰科（Griselda Blanco）是有史以来最残忍的毒枭之一，绰号"La Madrina"或"教母"。布兰科是麦德林贩毒集团的重要人物之一，也是 20 世纪 70 年代和 80 年代迈阿密暴力毒品战争的核心人物。她被认为是埃斯科瓦尔的导师，而埃斯科瓦尔后来成为了她的敌人。

布兰科 1943 年 2 月 15 日出生于哥伦比亚圣玛尔塔。她在贫困中长大。她的犯罪生涯从很小的时候就开始了。据一些报道，她在11岁时帮助绑架了一名男孩，在他富裕的家庭拒绝支付赎金后，她开枪打死了他。她还被指控是扒手和妓女。十几岁的时候，她就嫁给了一个小罪犯。这对夫妇育有三个孩子。然而，随后他们离婚了。据信布兰科在几年后下令谋杀了她的丈夫。

20 世纪 70 年代初，她与毒贩阿尔贝托·布拉沃（Alberto Bravo） 开始了恋爱关系，并最终与他结婚。通过阿尔贝托，她参与了可卡因贸易。以纽约为基地，这对夫妇开始将毒品走私到美国。布兰科设计了专门用于走私可卡因的胸罩、腰带和内衣。她于 70 年代初离开哥伦比亚，定居纽约皇后区，并在

那里开展了大规模的业务。1975年，政府截获了一批可卡因，她被起诉。布兰科逃回哥伦比亚，但没过多久她又回来了。这次去迈阿密。20 世纪 80 年代，布兰科将迈阿密漆成白色和红色——白色含有可卡因，红色则含有毒品对手的鲜血。她最喜欢的杀人方式包括骑摩托车驾车射击。迈阿密经历了一波与布兰科相关的犯罪浪潮，其中包括购物中心发生的冲锋枪袭击事件。布兰科的全盛时期被称为迈阿密毒品战争。在这场暴力事件中，存在着完全无法无天和混乱的环境。执法机构成立了中央战术部队（CENTAC 26），这是缉毒局反毒品行动和迈阿密戴德警察局联合开展的行动，旨在制止可卡因流入迈阿密。

由于受到竞争对手的攻击，加上担心自己的生命安全，布兰科于 1984 年搬到了加利福尼亚州。然而，第二年，她被捕并被带到纽约接受 1975 年的毒品指控。1985 年，她被判有罪并被判处最高 15 年监禁，但据报道她继续在监狱内经营她的帝国。在此期间，官员们希望对布兰科提出更多指控，因为他涉嫌参与 200 多起谋杀案。1998年，布兰科最终认罪，以换取减刑。六年后她被释放并被驱逐到哥伦比亚。

布兰科煽动了 40 至 250 起谋杀案，其中包括几起针对个人的谋杀案（她因毒品交易而近距离射杀了她的一位丈夫）。最终，布兰科被监禁，但这并没有阻止她。她从内部密谋绑架小约翰·F·肯尼迪，但该计划因内部人士的背叛而被挫败。

布兰科陶醉于自己的"教母"地位，甚至以《教父》中的角色命名她最小的儿子迈克尔·柯里昂。然而，就像电影中的角色一样，她的结局既讽刺又悲惨。2012年，布兰科在麦德林的一家肉店前被一名骑摩托车的刺客枪杀，谋杀方式与她经常用来消灭自己的敌人的方式相同。

布兰科成为世界上最富有的毒贩之一。据报道，她每年向美国走私超过三吨可卡因，每月获利约 8000 万美元。她的遗产如此之多，以至于她像其他人一样通过电影、书籍、纪录片等媒介被描绘出来。

两个毒枭艾尔·卡彭和巴勃罗·埃斯科瓦尔。

曼努埃尔·安东尼奥·诺列加将军与巴拿马的关系　美国与巴拿马曼努埃尔·安东尼奥·诺列加将军有着长期的关系。诺列加将军从 1967 年起担任美国情报顾问并为中央情报局(CIA)提供付费线人，包括乔治·赫伯特·沃克·布什 (George Herbert Walker Bush) 担任中央情报局局长期间 (1976-77 年)。

20世纪80年代中期，诺列加将军与美国的关系开始恶化。1986年，美国总统罗纳德·里根在被西摩·赫什在《纽约时报》上公开揭露并随后卷入伊朗门丑闻后，与诺列加将军展开谈判，并要求这位巴拿马领导人下台。里根在美国法庭对他提出了几项与毒品有关的起诉书，向他施压。然而，由于巴拿马和美国之间的引渡法薄弱，诺列加将军无视这些威胁，没有屈服于里根的要求。

https://en.wikipedia.org/wiki/United_States_invasion_of_Panama - cite_note-Buckley-131988 年 1 月，被定罪的美国毒品走私者斯蒂芬·M·卡利什 (Stephen M. Kalish) 告诉美国参议院调查人员，他向巴拿马国防军司令诺列加将军提供了数百万美元现金作为回扣，以表彰他在贩毒和洗钱方面的帮助。

1988年，埃利奥特·艾布拉姆斯和五角大楼的其他人开始推动美国入侵巴拿马，但由于布什之前在中央情报局和毒品问题特别工作组中的职位与诺列加将军的关系，以及他们对布什总统竞选的潜在负面影响，里根拒绝了。

1988年，迈阿密和坦帕法院的美国联邦大陪审团以贩毒罪起诉诺列加将军。起诉书指控他"将巴拿马变成一个运往美国的南美可卡因运输平台，并允许毒品收益隐藏在巴拿马银行"。

1989年12月20日，美国入侵巴拿马。军事行动持续了数周，主要针对巴拿马军队的军事单位。诺列加将军数日仍逍遥法外。但面对大规模的搜捕和 100 万美元的悬赏，他别无选择。他在巴拿马城的梵蒂冈外交使团避难，并在那里停留了十天。最终，1990 年 1 月 3 日，诺列加将军向美军投降。

1992年，美国联邦法院以贩运可卡因、敲诈勒索和洗钱罪判处诺列加将军有罪。他被判处40年徒刑，但后来减刑。诺列加将军在服刑17年后于2007年9月9日刑满出狱。

然而，由于他对被引渡到法国提出上诉，他于1999年在法国接受缺席审判并被判犯有洗钱和其他罪行，因此仍被关押在监狱中。2010年，美国最高法院拒绝审理他的上诉。4月，诺列加将军被引渡到法国，并于6月在那里接受审判。次月，他被定罪并被判处七年监禁。然而，2011年，法国同意将诺列加将军引渡到巴拿马，他在那里接受缺席审判，并因谋杀政治对手而被定罪，其中包括公然残酷谋杀直言不讳的反对者雨果·斯帕达福拉（Hugo Spadafora）。诺列加将军于2011年12月11日返回祖国，开始服三个20年徒刑。

美国袭击的合法性　美国政府以自卫为由入侵巴拿马。一些学者和观察家认为，根据国际法，入侵是非法的。这些专家认为，美国政府提出的入侵理由毫无事实根据。此外，即使这些理由是真实的，根据国际法，它们也没有为入侵提供充分的法律理由。

https://en.wikipedia.org/wiki/United_States_invasion_of_Panama - cite_note-55

作为国际法基石的《联合国宪章》第二条禁止会员国使用武力解决争端，除非出于自卫或经联合国安理会授权。

《美洲国家组织宪章》第18条和第20条部分是针对美国军事干预中美洲的历史而制定的，也明确禁止成员国使用武力："任何国家或国家集团都无权有权以任何理由直接或间接干预任何其他国家的内政。"（美洲国家组织（OAS）宪章，第18条）。《美洲国家组织宪章》第20条规定："一国领土不可侵犯；它不得成为另一国以任何理由直接或间接采取军事占领或其他武力措施的对象，即使是暂时的。" https://en.wikipedia.org/wiki/United_States_invasion_of_Panama - cite_note-56

美国批准了《联合国宪章》和《美洲国家组织宪章》，因此根据美国宪法的至高无上条款，它们是美国的最高法律之一。其他研究了美国入侵的法律依据的国际法专家得出的结论是，对巴拿马的袭击是对国际法的"严重违反"。

https://en.wikipedia.org/wiki/United_States_invasion_of_Panama - cite_note-57

1989年12月29日，联合国大会第88次全体会议通过A/RES/44/240号决议，对1989年美国武装入侵巴拿马表示强烈谴责。该决议认定美国的入侵是"公然违反国际法"。

联合国安理会提出的类似决议得到了大多数成员国的支持，但遭到美国、法国和英国的否决。

https://en.wikipedia.org/wiki/United_States_invasion_of_Panama - cite_note-postgraduate.ias.unu.edu-5983 岁的诺列加于2017年3月7日在巴拿马城圣托马斯医院去世。他接受了手术切除良性脑肿瘤。他在手术期间遭受严重脑出血后陷入药物昏迷。

墨西哥贩毒集团

位于拉丁美洲国家和美国之间的墨西哥也有自己的贩毒集团。

在 20 世纪 60 年代和 1970 年代初，墨西哥主要是大麻的主要供应国，其中大部分销往美国。然而，随着美国在哥伦比亚的努力减缓了南美洲的毒品流动，墨西哥成为可卡因的来源地。

瓜达拉哈拉贩毒集团－米格尔·安赫尔·费利克斯·加拉多

大多数墨西哥贩毒集团的诞生可以追溯到前墨西哥司法联邦警察特工米格尔·安赫尔·费利克斯·加拉多（Miguel Ángel Félix Gallardo，生于 1946 年 1 月 8 日），通常用他的化名 El Jefe de Jefes（"老板中的老板"）和 El Padrino 来称呼。（《教父》）。费利克斯·加拉多（Félix Gallardo）是 20 世纪 70 年代瓜达拉哈拉贩毒集团的创始人之一。在整个 20 世纪 70 年代和 80 年代，他与胡安·加西亚·阿布雷戈（Juan García Ábrego）一起控制了墨西哥的大部分非法毒品贸易以及跨越墨西哥和美国边境的贩运走廊。https://en.wikipedia.org/wiki/Mexican_drug_war - cite_note-Time-140 他一开始向美国走私大麻和鸦片，是 20 世纪 80 年代第一个与哥伦比亚可卡因贩毒集团有联系的墨西哥毒枭。当时墨西哥没有其他贩毒集团。

通过他的关系，费利克斯·加拉多成为巴勃罗·埃斯科瓦尔领导的麦德林贩毒集团的最前沿人物。这很容易实现，因为费利克斯·加拉多已经建立了大麻贩运基础设施，随时准备为哥伦比亚可卡因贩运者提供服务。

然而，瓜达拉哈拉贩毒集团在 1985 年遭受了重大打击，该集团的联合创始人拉斐尔·卡罗·金特罗 (Rafael Caro Quintero)于 1985 年 4 月 4 日在哥斯达黎加阿拉胡埃拉的豪宅中因谋杀 DEA 探员恩里克·卡马雷纳（Enrique "Kiki" Camarena)而在睡梦中被捕。卡罗·金特罗因谋杀卡马雷纳等罪被定罪并判处 40 年徒刑，并被引渡到墨西哥。

卡罗·金特罗（Caro Quintero）最初被关押在墨西哥州阿尔莫洛亚德华雷斯联邦社会重新适应中心第一高度戒备监狱。尽管卡罗·昆特罗将面临最高 199 年的监禁，但当时的墨西哥法律不允许囚犯服刑超过 40 年。

2007 年，卡罗·金特罗（Caro Quintero）被转移到哈利斯科州另一座最高安全级别的监狱，名为 Puente Grande。2010年，一名联邦法官授予他转移到哈利斯科州另一所监狱的权利。

https://en.wikipedia.org/wiki/Rafael_Caro_Quintero - cite_note-26

在州法官兼治安法官罗莎莉亚·伊莎贝尔·莫雷诺·鲁伊斯提出动议后，哈利斯科州法院裁定，卡罗·金特罗因本应在州一级审判的罪行而在联邦法院受到不当审判。当卡罗·金特罗(Caro Quintero) 在 20 世纪 80 年代被判处 40 年徒刑时，他被判犯有谋杀罪（州犯罪），而不是贩毒罪（联邦犯罪）。治安法官下令释放卡罗·金特罗，此前他因担任瓜达拉哈拉贩毒集团领导人期间犯下的其他罪行而服刑。2013 年 8 月 9 日凌晨，哈利斯科州法院下令立即释放卡罗·金特罗。此时，他已在监狱服刑28年。

美国总统巴拉克·奥巴马政府对卡罗·金特罗的释放感到愤怒。美国司法部表示，他们对毒枭获释"极其失望"，他们将在美国以未决指控追捕卡罗·金特罗。墨西哥总检察长赫苏斯·穆里略·卡拉姆也表达了对此案的担忧，并表示：他对卡罗·金特罗的获释感到"担心"，并担心他将调查墨西哥是否还有其他指控悬而未决。

2013年8月14日，在美国政府向墨西哥政府提交请愿书后，联邦法院向总检察长办公室（西班牙语：Procuraduría General de la República，PGR）发出对卡罗·金特罗的逮捕令。一旦墨西哥当局重新逮捕卡罗·金特罗，美国政府最多有 60 天的时间提出逮捕令。

正式引渡请求。不过，墨西哥总检察长澄清说，即使卡罗·金特罗被捕，也不能因谋杀卡马雷纳而将他引渡到美国，因为墨西哥法律禁止罪犯在其他国家因同一罪行受审。

无论如何，为了获得卡罗·金特罗的引渡令，美国政府必须提出一些其他刑事指控，并接受他如果被定罪将不会面临死刑，因为墨西哥没有死刑法律。2013 年 8 月 9 日出狱后，卡罗·金特罗（Caro Quintero）就没有出现在公众面前

2018 年 3 月 7 日，墨西哥军方使用黑鹰直升机搜寻卡罗·金特罗，将海军陆战队员空投到巴迪拉瓜托市的拉诺里亚、拉斯容塔斯、巴布尼卡和巴莫帕等山村，但他们的搜寻没有成功。

卡罗·金特罗是国际刑警组织 15 名通缉犯之一。他于 2022 年 7 月 15 日在锡那罗亚州乔伊克斯市的圣西蒙定居点被捕，后来被转移到最高安全级别的联邦监狱一号联邦社会重新适应中心，也称为"高原"（墨西哥）。据信他已经70岁了。

与此同时，实际上下令谋杀缉毒局（DEA）特工恩里克·"琪琪"·卡马雷纳的费利克斯·加拉多（Félix Gallardo）却保持低调。1987年，他与家人搬到瓜达拉哈拉。他于 1989 年 4 月 8 日在墨西哥被捕，并被墨西哥和美国当局指控绑架和谋杀缉毒局探员恩里克·卡马雷纳（Enrique Camarena），以及敲诈勒索、毒品走私和多项暴力犯罪。

领土划分 被捕后，费利克斯·加拉多（Félix Gallardo）决定拆分交易，因为这样效率更高，而且不太可能被执法部门一举打倒。1989 年，他指示他的律师在阿卡普尔科度假胜地的一所房子里召开全国顶级缉毒人员会议，并在那里划定了广场或领地。蒂华纳航线将前往他的侄子阿雷利亚诺·菲利克斯兄弟。

https://en.wikipedia.org/wiki/Miguel_%C3%81ngel_F%C3%A9lix_Gallardo - cite_note-division_of_turf-22华雷斯城

路线将前往卡里略·富恩特斯家族。https://en.wikipedia.org/wiki/Miguel_%C3%81ngel_F%C3%A9lix_Gallardo - cite_note-division_of_turf-22米格尔·卡罗·金特罗将负责索诺拉走廊。华金·古兹曼·洛埃拉（Joaquín Guzmán Loera）和埃克托·路易斯·帕尔马·萨拉查（Héctor Luis Palma Salazar ）将接管太平洋沿岸的业务，伊斯梅尔·赞巴达·加西亚（Ismael Zambada García）不久后也加入他们，从而成为锡那罗亚贩毒集团。塔毛利帕斯州马塔莫罗斯走廊（后来成为海湾卡特尔）的控制权将不受干扰地由其创始人胡安·加西亚·阿布雷戈（Juan García Ábrego）掌控，他不是 1989 年协议的缔约方。

被称为"老板中的老板"的费利克斯·加拉多仍然是墨西哥的主要贩运者之一。他在监狱内通过手机一直控制着自己的组织，直到 1993 年他被转移到阿尔蒂普拉诺最高戒备监狱，并在那里服完 37 年的刑期。然后他失去了对其他毒枭的控制。

据信，瓜达拉哈拉贩毒集团的繁荣很大程度上是因为它受到其首领米格尔·纳扎尔·哈罗（Miguel Nazar Haro ）领导的联邦安全局(DFS) 的保护。菲利克斯·加拉多 （Félix Gallardo) 仍计划监督全国业务。

https://en.wikipedia.org/wiki/Mexican_drug_war - cite_note-autogenerated7-144由Arellano Félix家族成员，特别是拉蒙和本杰明兄弟创建于20世纪80年代末的蒂华纳贩毒集团，成为墨西哥最强大的贩毒集团之一，负责运送价值数亿美元的可卡因、海洛因和甲基苯丙胺进入美国

然而，蒂华纳贩毒集团面临来自其他贩毒组织的激烈且经常是暴力的竞争，特别是华雷斯、海湾和锡那罗亚贩毒集团。不同卡特尔之间的冲突和纠纷不断。所有这些

导致政治、社会、军事混乱，最终导致墨西哥毒品战争，也称墨西哥反毒品战争。国家行动党 (PAN party) 的费利佩·卡尔德龙 (Felipe Calderón)于 2006 年 12 月 11 日就任墨西哥总统。他追捕毒枭，随后是其他继任总统。

与此同时，入狱的费利克斯·加拉多抱怨自己的生活条件很差。他抱怨自己患有眩晕、耳聋、失去一只眼睛和血液循环问题；他住在一个 240 × 440 厘米（8 x 14 英尺）的牢房里，甚至不允许他离开牢房，甚至使用休闲区。https://en.wikipedia.org/wiki/Miguel_%C3%81ngel_F%C3%A9lix_Gallardo - cite_note-16 2013 年 3 月，菲利克斯·加拉多（Félix Gallardo）在年满 70 岁生日（2016 年 1 月 8 日）后，启动了法律程序，在家中继续服刑。https://en.wikipedia.org/wiki/Miguel_%C3%81ngel_F%C3%A9lix_Gallardo - cite_note-17 2014 年 4 月 29 日，墨西哥联邦法院驳回了菲利克斯·加拉多（Félix Gallardo）从最高安全级别监狱转至中等安全级别监狱的请求。然而，2014 年 12 月 18 日，由于他的健康状况每况愈下，联邦当局批准了他的请求，将他转移到瓜达拉哈拉（哈利斯科州）的一所中等安全级别的监狱。

2019 年 2 月 20 日，墨西哥城一家法院驳回了他在家中服完剩余刑期的请求。法院表示，菲利克斯·加拉多的辩护没有向他们提供足够的证据来证明他的健康问题正在危及他的生命。2022 年 9 月 12 日，现年 76 岁的菲利克斯·加拉多（Felix Gallardo）被软禁，并于 2022 年 9 月 13 日搬回家中。

锡那罗亚贩毒集团——"矮子"华金·古兹曼 2003 年 3 月，海湾卡特尔领导人奥西尔·卡德纳斯（Osiel Cárdenas）被捕后，锡那罗亚卡特尔开始争夺海湾卡特尔对令人垂涎的德克萨斯州西南走廊的控制权。"联盟"是太平洋锡那罗亚州几个团体于 2006 年达成协议的结果，但内斗频繁。锡那罗亚贩毒集团由"矮子"华金·古兹曼领导，他是墨西哥头号通缉毒犯，身家估计达 10 亿美元。根据《福布斯》杂志的简介，他在全球富豪榜上排名第 1140 位，在最有权势的人中排名第 55 位。https://en.wikipedia.org/wiki/Mexican_drug_war - cite_note-Xb4an-149

矮子出生并成长于锡那罗亚州的一个贫困农民家庭。他在成年初期通过父亲进入毒品交易，帮助他为当地毒贩种植大麻。到20世纪70年代末，矮子开始与墨西哥新晋毒枭之一赫克托·路易斯·帕尔马·萨拉查（Héctor Luis Palma Salazar）合作。"矮子"帮助萨拉查绘制了通过锡那罗亚运毒并进入美国的路线。"矮子"后来负责监督菲利克斯·加拉多（Félix Gallardo）的物流，菲利克斯·加拉多是20世纪80年代中期美国的主要头目之一。

在"矮子"（意为"矮子"）的领导下，锡那罗亚贩毒集团因其身高168厘米（5英尺6英寸）而成为世界上最强大的贩毒集团之一。它占美国非法毒品的大部分，"矮子"成为世界上最强大的毒枭。

矮子监督大规模可卡因的运作，

甲基苯丙胺、大麻和海洛因是在美国和欧洲生产、走私和分销的，而美国和欧洲是世界上最大的消费国。他通过开创性地使用配电单元和在边界附近建造远程隧道来实现这一目标，https://en.wikipedia.org/wiki/Joaqu%C3%ADn_%22El_Chapo%22_Guzm%C3%A1n - cite_note-rewards-4这使得他向美国出口的毒品比历史上任何其他毒贩都要多得多。

矮子对锡那罗亚贩毒集团的领导也带来了巨大的财富和权力。《福布斯》将他评为2009年至2013年间世界上最有权势的人之一，而美国缉毒局（DEA）估计他的影响力和财富可与巴勃罗·埃斯科瓦尔（Pablo Escobar）相媲美。

锡那罗亚贩毒集团通过谋杀、贿赂和创新的走私技术（例如使用隧道）积累了权力。

"矮子"于1993年6月9日在危地马拉首次被捕，并被引渡到墨西哥，并因谋杀和贩毒罪被判处20年监禁。2001年1月19日，他贿赂狱警并越狱，并重新掌管锡那罗亚贩毒集团。由于他的逃亡身份，墨西哥和美国悬赏880万美元，以奖励他提供被捕的信息。

https://en.wikipedia.org/wiki/Joaqu%C3%ADn_%22El_Chapo

%22_Guzm%C3%A1n_-_cite_note-rewards-4他于 2014 年 2 月 22 日在墨西哥被捕。但他于 2015 年 7 月 11 日从墨西哥州最高安全级别的联邦社会重新适应中心一号监狱，通过牢房下方的隧道越狱，并再次恢复对锡那罗亚贩毒集团的指挥。墨西哥当局于 2016 年 1 月 8 日在洛斯莫奇斯市的一处住宅突袭中将他抓获，一年后将他引渡到美国。

2019 年，"矮子"被判犯有与其领导锡那罗亚贩毒集团有关的多项刑事指控。https://en.wikipedia.org/wiki/Joaqu%C3%ADn_%22El_Chapo%22_Guzm%C3%A1n_-_cite_note-ChapoExtradited-19他目前正在佛罗伦萨 ADX监狱服无期徒刑，这是全国最安全的超级监狱。据路透社 2021 年 10 月 25 日报道，"矮子"的一名律师以陪审员不当行为和"矮子"所经历的监狱条件为由，敦促位于曼哈顿的美国第二巡回上诉法院推翻对墨西哥毒枭的定罪。2022年1月，上诉法院不仅驳回了上诉，维持了矮子的定罪，还赞扬了主审法官对这起引起国际关注的案件的处理。

艾玛·科罗内尔·艾斯普罗（Emma Coronel Aispuro），31 岁，矮子的妻子，于 2021 年 2 月 22 日在杜勒斯国际机场被捕。她被指控帮助丈夫经营贩毒集团，并于 2015 年策划他越狱。她被指控密谋在美国分发可卡因、甲基苯丙胺、海洛因和大麻

https://en.wikipedia.org/wiki/Joaqu%C3%ADn_%22El_Chapo%22_Guzm%C3%A1n - cite_note-wife-241艾玛尚未在墨西哥被指控犯有任何罪行；尽管她的父亲伊内斯·科罗内尔·巴雷拉斯和她的兄弟埃德加·科罗内尔因毒品指控和帮助矮子第一次越狱而被捕。伊内斯·科罗内尔（Inés Coronel）于 2013 年被捕，2017 年被判处 10 年 3 个月监禁。埃德加·科罗内尔·艾斯普鲁（Édgar Coronel Aispuru）于 2015 年被捕，并被监禁在锡那罗亚州阿瓜鲁托监狱。2021 年 6 月 10 日，在认罪协议中，艾玛在美国哥伦比亚特区地方法院承认了联邦贩毒指控。 2021年11月30日，艾玛因贩毒和洗钱罪被判处三年监禁。在听证会前达成的赔偿协议中

，她还需支付 150 万美元。她将获得自被捕以来已在监狱服刑九个月的时间。

该刑期低于检察官要求的相对较轻的四年徒刑，法官承认艾玛嫁给"矮子"时只有十几岁，并在 2021 年 2 月被捕后欣然认罪。

艾玛是前选美皇后。2019年，她推出了服装系列并出现在美国真人秀电视节目中。艾玛和矮子有两个双胞胎女儿，于 2011 年出生。

https://en.wikipedia.org/wiki/Joaqu%C3%ADn_%22El_Chapo%22_Guzm%C3%A1n - cite_note-wife-241 艾玛是矮子四位妻子中的最后一位。

矮子被捕后，锡那罗亚贩毒集团由伊斯梅尔·赞巴达·加西亚（又名埃尔·梅奥）和矮子的三个儿子阿尔弗雷多·古兹曼·萨拉查、奥维迪奥·古兹曼·洛佩斯和伊万·阿奇瓦尔多·古兹曼·萨拉查领导。截至 2022 年，锡那罗亚贩毒集团仍然是墨西哥最主要的贩毒集团。与阿尔·卡彭一样，在美国国务院将抓获埃尔·梅奥的悬赏从 500 万美元增加到 1500 万美元之后，他实际上已经成为芝加哥新的头号公敌。埃尔梅奥从未在芝加哥居住过。而且他从未被捕。

2022 年 3 月 24 日，绰号"死神"的马里奥·伊格莱西亚斯-维勒加斯（Mario Iglesias-Villegas）（37 岁）被判处终身监禁，他是"矮子"敢死队的前任老大，在四年的时间里与墨西哥北部的数千起谋杀案有关。由德克萨斯州法官。检察官称，他在 2008 年至 11 日华雷斯数千人死亡事件中扮演了重要角色。他正在美国监狱服刑。他还将因其在锡那罗亚卡特尔运作中所扮演的角色而被处以超过 10 万美元的罚款。

海湾卡特尔　海湾卡特尔是一个贩毒集团，最初称为马塔莫罗斯卡特尔（西班牙语：Cártel de Matamoros），是墨西哥最古老的有组织犯罪集团之一。

https://en.wikipedia.org/wiki/Gulf_Cartel - cite_note-9 目前，该公司总部位于墨西哥塔毛利帕斯州马塔莫罗斯，与

德克萨斯州布朗斯维尔隔美国边境相望。它由Juan Nepomuceno Guerra于20世纪30年代创立。

在禁酒令时期，海湾卡特尔向美国走私酒精和其他非法物品 https://en.wikipedia.org/wiki/Gulf_Cartel - cite_note-eZukP-13禁酒令结束后，该犯罪团伙控制了赌场、卖淫团伙、汽车盗窃网络和其他非法走私活动。https://en.wikipedia.org/wiki/Gulf_Cartel - cite_note-15 20世纪70年代，在胡安·加西亚·阿夫雷戈(Juan García Ábrego)的领导下，该公司得到了显着发展。

胡安·加西亚·阿夫雷戈时代（1980年代 - 1990年代）

到了20世纪80年代，胡安·加西亚·阿布雷戈（Juan García Ábrego）开始将可卡因纳入贩毒活动，并开始在现在被认为是在美墨边境活动的最大犯罪集团海湾卡特尔（Gulf Cartel）中占据上风。

胡安·加西亚·阿夫雷戈与卡利贩毒集团讨价还价并达成了协议https://en.wikipedia.org/wiki/Gulf_Cartel - cite_note-16哥伦比亚发货的50%作为交货付款，而不是之前收到的每公斤1,500美元。然而，这次重新谈判迫使胡安·加西亚·阿布雷戈保证产品从哥伦比亚运抵目的地。

胡安·加西亚·阿夫雷戈（Juan Garcia Ábrego）在墨西加北部边境建立了仓库，储存数百吨可卡因。这使他能够创建一个新的分销网络并增加他的政治影响力。除了贩运毒品外，胡安·加西亚·阿布雷戈还运送大量现金进行洗钱。据估计，1994年左右，海湾卡特尔处理了从卡利卡特尔供应商运往美国的"所有可卡因货物的三分之一"。在20世纪90年代，墨西哥总检察长办公室估计，海湾卡特尔"价值超过10美元"十亿"。

胡安·加西亚·阿夫雷戈的腐败链条超越了墨西哥政府，延伸到了美国。1986年，美国联邦调查局(FBI)特工克劳德·德拉

•奥（Claude de la O）在针对胡安•加西亚•阿夫雷戈的证词中表示，他收受了超过 10 万美元行贿并泄露了可能危及联邦调查局线人以及墨西哥记者的信息。1989年，克劳德因不明原因被从该案中除名，一年后退休。胡安•加西亚•阿布雷戈贿赂了该特工，试图收集有关美国执法行动的更多信息。

随着胡安•加西亚•阿夫雷戈的毒贩之一胡安•安东尼奥•奥尔蒂斯被捕，人们知道在 1986 年至 1990 年间，该贩毒集团利用美国移民和归化局(INS)的巴士运送了数吨可卡因。正如胡安•安东尼奥•奥尔蒂斯（Juan Antonio Ortiz）解释的那样，巴士的运输非常安全，因为它们从未在边境停留过。https://en.wikipedia.org/wiki/Gulf_Cartel - cite_note-Homage-20

人们还知道，除了移民局巴士骗局外，胡安•加西亚•阿夫雷戈还与德克萨斯州国民警卫队成员达成了"特殊安排"，后者将大量可卡因和大麻从德克萨斯州南部运往休斯敦，供贩毒集团使用。

胡安•加西亚•阿布雷戈（Juan García Ábrego）的业务发展如此之长，以至于 1995 年，联邦调查局（FBI）将他列入*十大通缉犯*名单。他是第一个进入该名单的毒贩。 1996 年 1 月 14 日，他在新莱昂州蒙特雷市外被捕，并飞往墨西哥城，美国联邦特工将他乘坐私人飞机带到德克萨斯州休斯顿。https://en.wikipedia.org/wiki/Gulf_Cartel - cite_note-31穿着休闲裤和条纹衬衫的胡安•加西亚•阿夫雷戈立即被引渡到美国，在那里他接受了联邦调查局特工的审问，并承认自己"下令谋杀和酷刑"，贿赂墨西哥高级官员，并将大量毒品走私到美国

他的检察官以美国公民身份对胡安•加西亚•阿夫雷戈进行审判，因为他还拥有美国出生证明，尽管墨西哥当局声称该证书是"欺诈的"。他还拥有一份官方出生证明，显示胡安•加西亚•阿夫雷戈确实出生在墨西哥。 *《布朗斯维尔先驱报》的胡安•加西亚•阿夫雷戈*（Juan García Ábrego）走进法庭，

笑着与他的律师热情交谈，律师帮助他将他的话从西班牙语翻译成英语。 当法官告诉胡安·加西亚·阿布雷戈他将在监狱中度过余生后，每个人都清楚死刑是不可能的。

根据1998年5月8日向法庭提交的事实文件，从20世纪70年代中期到90年代中期，海湾卡特尔向美国贩运大量毒品，胡安·加西亚·阿夫雷戈被判处11次无期徒刑。在为期四个星期的审判中，从"执法人员到被定罪的毒品走私者"等 84 名证人作证称，胡安·加西亚·阿夫雷戈（Juan García Ábrego）通过飞机走私大量哥伦比亚可卡因，然后将其存放在墨西哥和美国边境沿线的几个边境城市，然后走私他们到了里奥格兰德河谷。

胡安·加西亚·阿布雷戈（Juan García Ábrego）因 22 项洗钱、持有毒品和贩毒罪被定罪。陪审员还下令没收胡安·加西亚·阿布雷戈价值 3.5 亿美元的资产，比原计划多出 7500 万美元。

胡安·加西亚·阿夫雷戈（Juan García Ábrego）目前在美国科罗拉多州一所高度戒备的监狱中服刑 11 次。 https://en.wikipedia.org/wiki/Gulf_Cartel - cite note-27 1996年，有消息称胡安·加西亚·阿夫雷戈的组织向政界人士和执法人员行贿数百万美元以保护他。被捕后，后来证实，负责墨西哥联邦司法警察的副总检察长为保护胡安·加西亚·阿布雷戈积累了超过900万美元。

胡安·加西亚·阿布雷戈因腐败指控而被捕。据信墨西哥政府一直知道胡安·加西亚·阿夫雷戈的行踪，但由于他掌握了政府内部腐败程度的信息而拒绝逮捕他。据信，逮捕胡安·加西亚·阿夫雷戈的警官是一名自由正义党指挥官，他从敌对贩毒集团那里获得了防弹水星大侯爵勋章和 50 万美元。

继胡安·加西亚-阿布雷戈之后 1996 年 1 月 14 日，胡安·加西亚·阿布雷戈（Juan García Ábrego）被墨西哥当局逮捕，随后将他驱逐到美国，在海湾卡特尔中造成了权力真空，几位高级成员为争夺领导权而展开斗争。 胡安·加西亚·阿夫雷戈的兄弟温贝托·加西亚·阿夫雷戈试图接管海湾卡特尔的领导权,但失败了。他没有必要的领导技能,也没有哥伦比亚毒品供应商的支持。此外,他受到观察并广为人知,因为他的姓氏含义更多相同。他原本由奥斯卡·马尔赫布·德莱昂和劳尔·瓦拉达雷斯·德尔·安赫尔接替,但不久后他们就被捕了, https://en.wikipedia.org/wiki/Gulf_Cartel - cite_note-47导致卡特尔的几名副手争夺领导权。奥斯卡·马赫布试图贿赂官员 200 万美元以释放他,但他的尝试失败了。

乌戈·巴尔多梅罗·梅迪纳·加尔萨(Hugo Baldomero Medina Garza),被称为*El Señor de los Tráilers*(拖车之王),被认为是海湾卡特尔重组中最重要的成员之一。 40多年来,他一直是该贩毒集团的高级官员之一,每月向美国贩运约20吨可卡因。 https://en.wikipedia.org/wiki/Gulf_Cartel - cite_note-50

据报道,1997 年 4 月 17 日,Medina Garza 在抵抗绑架后被 El Chava Gómez 的枪手开枪射中脸部。迅速的治疗挽救了麦迪纳·加尔萨的生命,但他不得不暂时退出毒品交易。他在蒙特雷被拘留了两年,并在那里接受了整形手术。

这两个毒贩之间的冲突一直持续到 1999 年 El Chava Gómez 被暗杀为止。 1999 年手术康复后,梅迪纳·加尔萨(Medina Garza) 重新控制了海湾贩毒集团,指挥可卡因从哥伦比亚运往塔毛利帕斯州南部,引发了与另一位毒枭奥西尔·卡德纳斯·吉兰(Osiel Cárdenas Guillén)的对抗。 https://en.wikipedia.org/wiki/Hugo_Baldomero_Medina_Garza - cite_note-jorandal-2在他的职业生涯结束时,梅迪纳·加尔萨脱离了海湾卡特尔并开始独立工作。

Medina Garza 的好运于 2000 年 11 月 1 日结束,他在塔毛利帕斯州坦皮科被捕并被监禁在拉帕尔马岛。2004年11月,他被判处30年徒刑。但 2008 年 3 月,墨西哥联邦法庭将其减刑为 11+1/2 年徒刑。

https://en.wikipedia.org/wiki/Gulf_Cartel - cite_note-51我想他现在应该已经出来了,但还没有他的消息。

https://en.wikipedia.org/wiki/Gulf_Cartel - cite_note-56梅迪纳·加尔萨被捕后,他的表弟阿达尔贝托·加尔萨·德拉古斯蒂诺维斯因涉嫌参与海湾卡特尔和洗钱而接受调查。下一个是塞尔吉奥·戈麦斯(Sergio Gómez),又名埃尔·切科(*El Checo*)。然而,他的领导地位是短暂的。1996 年 4 月,他在塔毛利帕斯州埃尔莫索山谷被暗杀。此后,1999 年 7 月,奥西尔·卡德纳斯·吉伦(Osiel Cárdenas Guillén)刺杀了海湾贩毒集团的共同头目、他的密友萨尔瓦多·戈麦斯·埃雷拉(*El Chava*),并控制了海湾贩毒集团,并为他赢得了"朋友杀手"的称号。

奥西尔·卡德纳斯·吉伦 1999 年 11 月 9 日,来自缉毒局(DEA)和联邦调查局(FBI)的两名美国特工在马塔莫罗斯遭到奥西尔·卡德纳斯(Osiel Cárdenas)及其大约 15 名追随者的枪威胁。这两名特工与一名线人一起前往马塔莫罗斯,收集有关海湾卡特尔运作的情报。奥西尔·卡德纳斯要求特工和线人下车,但他们拒绝服从他的命令。事件升级,奥西尔·卡德纳斯威胁说,如果他们不遵守他的命令,就会杀死他们,而他的枪手则准备向他们开枪。特工们试图向奥西尔·卡德纳斯推理,杀死美国联邦特工将导致美国政府进行大规模搜捕。奥西尔·卡德纳斯最终释放了这两个人,但威胁说,如果他们回到他的领土,就会杀死他们。这场对峙引发了大规模的执法行动,以打击海湾卡特尔的领导结构。墨西哥和美国政府都加大了逮捕奥西尔·卡德纳斯的力度。在此对峙之前,奥西尔·卡德纳斯被视为国际毒品交易中的小人物。这次事件使他名声大噪,并使他成为头号通缉犯之一。FBI 和 DEA 对他提出多项指控,并悬赏 200 万美元逮捕他。

1999 年奥西尔·卡德纳斯(Osiel Cárdenas)完全控制海湾卡特尔后,与敌对组织的对抗愈演愈烈。他发现自己陷入了一场无限制的战斗,以保持他臭名昭著的组织和领导层不受影响,并寻找墨西哥陆军特种部队的成员,成为海湾卡特尔的军事武装派别。他的目标是保护自己免受竞争对手贩毒集团和墨西哥军方的侵害，并作为墨西哥最强大的贩毒集团领导人履行重要职能。https://en.wikipedia.org/wiki/Gulf_Cartel - cite_note-58

他最早接触的人之一是陆军中尉阿图罗·古兹曼·德塞纳（Arturo Guzmán Decena），据报道，奥西尔·卡德纳斯（Osiel Cárdenas）要求他寻找并雇用"尽可能最好的人才"。结果，古兹曼·德塞纳逃离了武装部队，并带了30多名逃兵加入奥西尔·卡德纳斯新的犯罪准军事组织。他们的工资远高于墨西哥陆军。https://en.wikipedia.org/wiki/Gulf_Cartel - cite_note-61这些墨西哥陆军精锐特种部队航空集团(GAFE)的逃兵组成了卡特尔武装组织洛斯泽塔斯(Los Zetas)的一部分。这些人是海湾卡特尔雇佣的私人雇佣军。

https://en.wikipedia.org/wiki/Gulf_Cartel - cite_note-56洛斯泽塔斯的创建开启了墨西哥贩毒的新时代。奥西尔·卡德纳斯几乎不知道他正在创建该国最暴力的贩毒集团。 2001年至2008年间，海湾卡特尔和洛斯泽塔斯组织统称为La Compañía（公司）。

最初的叛逃者包括海梅·冈萨雷斯·杜兰（Jaime González Durán）、赫苏斯·恩里克·雷洪·阿吉拉尔（Jesús Enrique Rejón Aguilar）、https://en.wikipedia.org/wiki/Gulf_Cartel - cite_note-63米格尔·特雷维诺·莫拉莱斯和赫里博托·拉兹卡诺，https://en.wikipedia.org/wiki/Gulf_Cartel - cite_note-65后来成为洛斯泽塔斯独立贩毒集团的最高领导人。

洛斯泽塔斯（Los Zetas）的首要任务之一是铲除洛斯查乔斯（Los Chachos），这是一个受千年卡特尔（Milenio Cartel）指挥的贩毒集团，该组织曾于2002年与海湾卡特尔（Gulf Cartel）就塔毛利帕斯州的毒品走廊发生争议。

https://en.wikipedia.org/wiki/Gulf_Cartel - cite_note-68该团伙由迪奥尼西奥·罗曼·加西亚·*桑切斯（又名埃尔·查乔）*控制，他决定背叛海湾贩毒集团并与蒂华纳贩毒集团结盟。2002 年 5 月，*埃尔查乔*最终被洛斯泽塔斯杀死。https://en.wikipedia.org/wiki/Gulf_Cartel - cite_note-69

奥西尔·卡德纳斯巩固了他的地位并确立了他的至高无上的地位。他扩大了洛斯泽塔斯的职责。随着时间的推移，它们对于海湾卡特尔来说变得更加重要。他们开始组织绑架；征税、追债、收取保护费；

https://en.wikipedia.org/wiki/Gulf_Cartel - cite_note-71控制敲诈勒索业务；

https://en.wikipedia.org/wiki/Gulf_Cartel - cite_note-72确保可卡因供应和被称为*广场（区域）*的贩运路线，并经常以怪诞的野蛮方式处决敌人。

https://en.wikipedia.org/wiki/Gulf_Cartel - cite_note-Grayson-59

2002年，海湾卡特尔存在三个主要分支，均由奥西尔·卡德纳斯统治，领导者为：豪尔赫·爱德华多·"El Coss"·科斯蒂利亚·桑切斯、安东尼奥·"托尼·托门塔"·卡德纳斯·吉伦和赫里博托·"El Lazca"·拉兹卡诺·拉兹卡诺。

https://en.wikipedia.org/wiki/Gulf_Cartel - cite_note-BBTestimonyRafael-76

2003 年 3 月 14 日，奥西尔·卡德纳斯 (Osiel Cárdenas) 在塔毛利帕斯州马塔莫罗斯市墨西哥军方与海湾卡特尔枪手之间的枪战中被捕。

https://en.wikipedia.org/wiki/Gulf_Cartel - cite_note-arrest-84他是FBI 十大通缉犯之一，悬赏 200 万美元抓捕他。根据政府档案，这次为期六个月的抓捕军事行动是在完全保密的情况下计划和进行的——唯一知情的人是总统文森特·福克斯、墨西哥国防部长里卡多·克莱门特·维加·加西亚和墨西哥总检察长，拉斐尔·马塞多·德·拉·孔查。

奥西尔·卡德纳斯（Osiel Cárdenas）于 2007 年被引渡到美国。2010年，他因洗钱、贩毒、杀人以及1999年威胁两名美国联邦特工等罪名被判处25年监禁。
https://en.wikipedia.org/wiki/Osiel_C%C3%A1rdenas_Guill%C3%A9n_-_cite_note-mexico.cnn.com-4 Osiel Cárdenas 目前被监禁在USP Terre Haute，释放日期为 2024 年 8 月 30 日。

奥西尔·卡德纳斯的兄弟安东尼奥·卡德纳斯·吉兰和前警察豪尔赫·爱德华多·科斯蒂利亚·桑切斯（El Coss）填补了奥西尔·卡德纳斯留下的真空，成为海湾卡特尔的领导人。2010 年 11 月 5 日，安东尼奥·卡德纳斯（Antonio Cárdenas）在墨西哥政府军长达 8 小时的枪击事件中身亡。科斯蒂利亚·桑切斯（Costilla Sánchez）成为海湾卡特尔的联合领导人和海湾卡特尔内两个派系之一的都会党的负责人。
https://en.wikipedia.org/wiki/Gulf_Cartel_-_cite_note-129 马里奥·卡德纳斯·吉兰(Mario Cárdenas Guillén)，奥西尔（Osiel）和安东尼奥（Antonio）的兄弟，成为海湾卡特尔的另一个派系和罗霍斯（Rojos）的负责人，罗霍斯（Rojos）是海湾卡特尔内的另一个派系，也是平行版本的地铁（Metros）。

https://en.wikipedia.org/wiki/Gulf_Cartel_-_cite_note-78 奥西尔·卡德纳斯的逮捕和引渡导致了内讧。海湾卡特尔和洛斯泽塔斯的几名高级官员为争夺通往美国的重要毒品走廊而战，特别是马塔莫罗斯、新拉雷多、雷诺萨和坦皮科等城市——这些城市都位于塔毛利帕斯州。他们还为沿海城市——阿卡普尔科、格雷罗和坎昆、金塔纳罗奥州而战；蒙特雷州首府、新莱昂州及各州

韦拉克鲁斯州和圣路易斯波托西州。

奥西尔·卡德纳斯被引渡后，洛斯泽塔斯首领赫里博托·拉兹卡诺通过暴力和恐吓，接管了洛斯泽塔斯和海湾卡特尔的控制权。https://en.wikipedia.org/wiki/Gulf_Cartel - cite_note-93曾经效忠于奥西尔·卡德纳斯的副官们开始服从拉兹卡诺的命令。

拉兹卡诺试图通过任命几名副手来控制特定领土来重组卡特尔。莫拉莱斯·特维尼奥（Morales Trevino）被任命负责管理新莱昂州；https://en.wikipedia.org/wiki/Gulf_Cartel - cite_note-94马塔莫罗斯的豪尔赫·爱德华多·科斯蒂利亚·桑切斯；https://en.wikipedia.org/wiki/Gulf_Cartel - cite_note-95赫克托·曼努埃尔·索达·甘博亚（Héctor Manuel Sauceda Gamboa），绰号埃尔·卡里斯（El Karis），控制了新拉雷多；https://en.wikipedia.org/wiki/Gulf_Cartel - cite_note-96格雷戈里奥·索达·甘博亚（Gregorio Sauceda Gamboa），绰号"El Goyo"，与他的兄弟阿图罗（Arturo）一起控制了雷诺萨广场；https://en.wikipedia.org/wiki/Gulf_Cartel - cite_note-97阿图罗·巴苏尔托·佩纳（又名埃尔·格兰德）和伊万·委拉斯开兹-卡瓦列罗（又名塔利班）控制了金塔纳罗奥州和格雷罗州；阿尔贝托·桑切斯·伊诺霍萨（又名卡斯蒂略司令）接管了塔巴斯科州。https://en.wikipedia.org/wiki/Gulf_Cartel - cite_note-99

然而，海湾卡特尔和洛斯泽塔斯之间的分歧持续不断。分手是不可避免的。2010年初，海湾卡特尔的执行者洛斯泽塔斯与海湾卡特尔分道扬镳，引发了一场血腥的地盘争夺战。敌对行动开始后，海湾贩毒集团与其前竞争对手锡那罗亚贩毒集团和米却肯家族联手，旨在消灭洛斯泽塔斯。洛斯泽塔帮与华雷斯贩毒集团、贝尔特兰-莱瓦贩毒集团和蒂华纳贩毒集团结盟。

为了应对海湾卡特尔日益强大的力量，竞争对手锡那罗亚卡特尔建立了一个全副武装、训练有素的执法组织，称为洛斯内格罗斯（Los Negros）。该组织的运作方式与洛斯泽塔斯类似，但复杂性较低，成功率较低。有一群专家认为，墨西哥毒品战争并不是2006年墨西哥总统费利佩·卡尔德龙派兵前往米却肯州制止日益严重的暴力事件时开始的，而是2004年在边境城市新拉雷多开始的，当时海湾贩毒集团和洛斯泽塔斯击退了锡那罗亚贩毒集团和洛斯内格罗斯。
https://en.wikipedia.org/wiki/Gulf_Cartel - cite_note-75
据信，奥西尔·卡德纳斯在美国监狱期间结识了蒂华纳贩毒集团的本杰明·阿雷利亚诺·费利克斯。他们结成了联盟。通过手写笔记。奥西尔·卡德纳斯下令禁止毒品沿墨西哥和美国流动，批准处决，并签署允许购买警察部队的表格。
https://en.wikipedia.org/wiki/Gulf_Cartel - cite_note-BehindBars-91 当他的兄弟安东尼奥·卡德纳斯·吉伦正式领导海湾卡特尔时，奥西尔·卡德纳斯通过律师和警卫的信息从拉帕尔马发出了重要命令。
https://en.wikipedia.org/wiki/Gulf_Cartel - cite_note-100 这位前毒枭的近3000万美元资产被分配给了德克萨斯州的几个执法机构。为了换取另一次无期徒刑，奥西尔·卡德纳斯同意与美国特工在情报信息方面进行合作。美国联邦法院将奥西尔·卡德纳斯拥有的两架直升机分别判给加拿大商业发展银行和通用电气加拿大设备融资公司，因为这两架直升机均来自"毒品收益"。2013年8月18日，海湾卡特尔重要领导人马里奥·拉米雷斯·特维诺（Mario Ramirez Trevino）被捕。他于2017年12月18日移居美国。
https://en.wikipedia.org/wiki/Gulf_Cartel - cite_note-109 华雷斯贩毒集团（西班牙语：Cártel de Juárez）- Amado Carrillo Fuentes 华雷斯贩毒集团由Pablo Acosta Villarreal于1970年代左右在奇瓦瓦州华雷斯市创立，跨越墨西哥和美国边境。1987年4月，巴勃罗·阿科斯塔（Pablo Acosta）在墨西哥联邦警察直升机在奇瓦瓦州圣埃琳娜里奥格兰德村的跨境突袭中丧生，

https://en.wikipedia.org/wiki/Ju%C3%A1rez_Cartel - cite_note-9拉斐尔·阿吉拉尔·瓜哈尔多（Rafael Aguilar Guajardo）和埃内斯托·丰塞卡·卡里略（Ernesto Fonseca Carrillo）的侄子阿马多·卡里略·富恩特斯（Amado Carrillo Fuentes）接替了他的位置。

阿马多·富恩特斯（Amado Fuentes）于1993年谋杀了他的老板拉斐尔·阿吉拉尔·瓜哈多（Rafael Aguilar Guajardo），并控制了华雷斯贩毒集团。阿马多·富恩特斯因使用庞大的喷气机队运输毒品而被称为"El Señor de Los Cielos"（"天空之王"）。他还因通过哥伦比亚洗钱为这支舰队提供资金而闻名。他生活谨慎，保持低调。没有疯狂的枪战，没有深夜的迪斯科舞厅。他的照片很少出现在报纸或电视上。美国缉毒局喜欢说，他是一个新品种，是一位低调的头目，行为举止像个商人。

阿马多·富恩特斯（Amado Fuentes）带着他的兄弟和后来的儿子加入了这个行业。不幸的是，阿马多·富恩特斯（Amado Fuentes）于1997年7月在墨西哥一家医院去世，此前他接受了广泛的整容手术来改变自己的外表，以便享受数十亿美元的财富。他也许应该搬到俄罗斯去。

在阿马多·富恩特斯生命的最后几天，墨西哥和美国当局正在追踪他。

1997年阿马多·富恩特斯的去世是华雷斯贩毒集团权力衰落的开始，因为卡里略依靠与墨西哥最高禁毒官员、师长赫苏斯·古铁雷斯·雷博洛的关系。

为了争夺卡特尔的控制权，一场短暂的地盘争夺战爆发了。阿马多·富恩特斯的兄弟维森特·卡里略·富恩特斯，俗称"总督"，在击败穆尼奥斯·塔拉维拉兄弟后成为领袖。

当维森特·富恩特斯（Vicente Fuentes）控制卡特尔时，该组织正处于不断变化之中。阿马多之死在墨西哥黑社会造成了巨大的权力真空。卡里略·富恩特斯兄弟成为20世纪90年代最强大的组织。维森特·富恩特斯能够避免直接冲突并增强华雷斯卡特尔的实力。20 世纪 90 年代末和 2000 年代，卡里略·富恩特斯家族与该组织其他成员之间的关系变得不稳定。来自墨西哥邻近各州的毒枭组成了一个联盟，该联盟被称为"金三角联盟"或"La Alianza Triángulo de Oro"，因为该联盟影响三个州：奇瓦瓦州、美国德克萨斯州南部、杜兰戈州和锡那罗亚州。然而，在锡那罗亚贩毒集团毒枭华金·"矮子"古兹曼拒绝向华雷斯贩毒集团支付进入美国部分走私路线的使用权后，这一联盟被打破。

维森特·富恩特斯随后与胡安·何塞·埃斯帕拉戈萨·莫雷诺、他的兄弟鲁道夫·卡里略·富恩特斯、他的侄子维森特·卡里略·莱瓦、里卡多·加西亚·乌尔基扎建立了合伙企业；并与其他毒枭结成联盟，例如锡那罗亚州和下加利福尼亚州的伊斯梅尔·"梅奥"·赞巴达、蒙特雷的贝尔特兰·莱瓦兄弟以及纳亚里特州、锡那罗亚州和塔毛利帕斯州的华金·"矮子"古兹曼。

https://en.wikipedia.org/wiki/Ju%C3%A1rez_Cartel - cite_note-11

2010 年 7 月 15 日，华雷斯贩毒集团使用汽车炸弹袭击联邦警察，将暴力升级到新的水平。2011 年 9 月，墨西哥联邦警察报告称，华雷斯贩毒集团现更名为"Nuevo Cartel de Juárez"（新华雷斯贩毒集团）。2012 年，据称新华雷斯卡特尔对华雷斯城和奇瓦瓦州最近的处决负有责任。

2013 年 9 月 1 日，墨西哥军队在西部纳亚里特州逮捕了阿尔贝托·卡里略·富恩特斯（Alberto Carrillo Fuentes），别名贝蒂·拉·菲亚（"丑女贝蒂"）。阿尔贝托·富恩特斯（Alberto Fuentes）于 2013 年接任该组织的领导职务，此前他的兄弟文森特·卡里略·富恩特斯（Vicente Carrillo Fuentes）（一直在逃，直至 2014 年 10 月被捕）因报道患病退休。58 岁的文森特·富恩特斯（Vicente Fuentes）是美国缉毒局（DEA）的头号通缉犯之一，悬赏 500 万美元（360 万英镑）缉拿此人。几十年来，美国缉毒局和墨西哥警方一直试图追捕维森特·富恩特斯。2014 年 10 月 9 日，他在墨西哥陆军和联邦警察在科阿韦拉州托雷翁的联合行动中被捕。https://en.wikipedia.org/wiki/Vicente_Carrillo_Fuentes-_cite_note-12随后,他被送往墨西哥城,并被转移到墨西哥反有组织犯罪调查机构SEIDO的联邦机构,并在那里发表了正式声明。\

https://en.wikipedia.org/wiki/Vicente_Carrillo_Fuentes-_cite_note-14两天后,他被正式指控贩毒和有组织犯罪。https://en.wikipedia.org/wiki/Vicente_Carrillo_Fuentes-_cite_note-15 2014年10月14日,文森特·富恩特斯被转移到位于哈利斯科州的联邦最高安全级别监狱(通常称为"Puente Grande")第二联邦社会重新适应中心。

2014 年维森特·富恩特斯被捕后,华雷斯贩毒集团失去了大部分权力。到 2018 年,华雷斯贩毒集团在其家乡华雷斯城的势力已经衰落。 2020 年 6 月,据报道,拉利内亚是华雷斯贩毒集团在华雷斯城最强大的派系。然而,此时,锡那罗亚贩毒集团的一个强大组织洛斯萨拉查也成功在华雷斯城建立了重要的影响力。哈利斯科新一代卡特尔也以其新华雷斯卡特尔在华雷斯城占有一席之地,尽管它未能阻止拉利尼亚和洛斯萨拉查对华雷斯城贩毒市场的控制。

2021 年 9 月 14 日,墨西哥法院判处 Vicente Fuentes 28 年监禁。胡安·巴勃罗·莱德兹马又名何塞·路易斯·弗拉特罗(José Luis Fratello)据称是墨西哥黑帮 La Línea 的现任头目,该黑帮是华雷斯贩毒集团的主要武装派别,据说是该组织的现任头目。

华金·矮子·古兹曼

华金·矮子·古兹曼是墨西哥锡那罗亚贩毒集团的头目。他仍然是世界上最臭名昭著的毒枭之一，就像巴勃罗·埃斯科瓦尔一样。矮子主要经营大麻、可卡因和冰毒。他还参与了在美国和欧洲多个地区走私海洛因的活动，这些地区是世界上最大的海洛因使用者。

矮子 1957 年 4 月 4 日出生于墨西哥西北部锡那罗亚州拉图纳农村社区的一个贫困家庭，是七个孩子中的长子。他的父母－埃米利奥·古兹曼·布斯蒂洛斯和玛丽亚·康苏埃洛·洛拉·佩雷斯－以务农为生。他的父亲正式是一名牧场主，但据信像该地区的大多数农民一样，他也是一名罂粟种植者。矮子几乎是文盲，但却有着远大的抱负。2014 年，他的母亲告诉电影制片人："即使是个小孩子，他也有雄心壮志。"她回忆说，他有"很多纸币"，他会数再数。

他第一次接触有组织犯罪是在 15 岁时，当时他和表兄弟一起种植自己的大麻种植园。然后，他获得了"El Chapo"的绰号——墨西哥俚语中"矮子"的意思（他只有 5 英尺 6 英寸，即 1.64 米）。但他的野心远远超出了他的矮小身材。十几岁的时候，古兹曼离开拉图纳去寻找毒品走私的财富。他的母亲说："他一直在为更好的生活而奋斗"。

矮子通过分销渠道进行贸易，并在国家边境附近修建隧道。与非法毒品交易者之前的出口相比，这种新方法帮助他出口了更多毒品。

1993年，一名罗马天主教红衣主教在与毒品走私对手的地盘争夺战中被枪杀。"矮子"是受到指责的人之一，墨西哥政府悬赏悬赏他的人头。他留着小胡子的脸以前不为公众所知，现在开始出现在报纸和电视屏幕上。几周之内，他于 1993 年 6 月 9 日在靠近危地马拉和墨西哥边境的塔帕丘拉附近的一家酒店首次被危地马拉军队逮捕。他因谋杀和贩毒被引渡到墨西哥并被判处 20 年零 9 个月的监禁。https://en.wikipedia.org/wiki/Joaqu%C3%ADn_%22El_Chapo%22_Guzm%C3%A1n - cite_note-rewards-3 他最初被关押在联邦第一社会重新适应中心。1995年11月22日，他被转移到另一座最高设防监狱——哈利斯科州第二联邦社会康复中心（又称"大桥"），他贿赂狱警，过着奢侈的生活，并继续控制锡那罗亚贩毒集团。

墨西哥最高法院做出裁决，使墨西哥和美国之间的引渡变得更加容易后，"矮子"精心策划了他的越狱。2001 年 1 月 19 日，他从高度戒备的联邦监狱越狱。狱警弗朗西斯科·"埃尔·奇托"·坎贝罗斯·里维拉（Francisco "El Chito" Camberos Rivera）打开了"矮子"的电子操作牢房门，"矮子"坐上了一辆洗衣车，维修工哈维尔·坎贝罗斯（Javier Camberos）滚过几扇门，最终从前门出来。然后他被装在坎贝罗斯驾驶的汽车后备箱中运出城镇。在一个加油站，坎贝罗斯走进去，但当他回来时，"矮子"已经消失在夜色中。据官员称，有 78 人参与了他的越狱计划。https://en.wikipedia.org/wiki/Joaqu%C3%ADn_%22El_Chapo%22_Guzm%C3%A1n - cite_note-LastNarco-88 坎贝罗斯因协助越狱而入狱。

https://en.wikipedia.org/wiki/Joaqu%C3%ADn_%22El_Chapo%22_Guzm%C3%A1n - cite_note-online.wsj.com-15

警方称，"矮子"精心策划了他的越狱计划，几乎对监狱里的每个人都产生了影响，其中包括监狱长，他现在因协助越狱而入狱。一名出面报告监狱情况的狱警在七年后失踪，据推测是被"矮子"下令杀害的。

https://en.wikipedia.org/wiki/Joaqu%C3%ADn_%22El_Chapo%22_Guzm%C3%A1n - cite_note-online.wsj.com-15 据称，"矮子"向监狱看守发放工资，将违禁品偷运进监狱，并享受工作人员的优惠待遇。除了监狱雇员的同谋之外，哈利斯科州的警察也得到了贿赂，以确保他至少有 24 小时的时间离开该州，并在军事搜捕之前保持领先。向那些受贿的狱警讲述的故事是，"矮子"正在从监狱走私黄金，这些黄金表面上是从囚犯作坊的岩石中提取的。据称，这次越狱让"矮子"损失了 250 万美元。由于他的逃亡身份，墨西哥和美国悬赏了 880 万美元，以奖励他提供被捕的信息。

https://en.wikipedia.org/wiki/Joaqu%C3%ADn_%22El_Chapo%22_Guzm%C3%A1n - cite_note-rewards-3

矮子卡特尔成为美国最大的毒品贩运者之一。2009 年，他以 10 亿美元（7.09 亿英镑）的估值进入福布斯全球富豪榜，排名第 701 位。他还赢得了世界上最有权势的人之一的声誉。

经过墨西哥海军、美国法警署以及 DEA 墨西哥当局情报的联合行动，"矮子"于 2014 年 2 月 22 日上午 6 点 40 分左右在位于海滨 Avenida del Marin 608 号的 Miramar 公寓被捕。他被送往马萨特兰地区，然后飞往墨西哥城进行正式身份确认。他乘坐一架联邦警察黑鹰直升机，在两架海军直升机和一架墨西哥空军直升机的护送下，被转移到位于墨西哥州阿尔莫洛亚德华雷斯的最高安全级别的第一联邦社会重新适应中心。

2014 年 2 月 24 日，墨西哥政府正式指控 El Chapo 贩毒，这一过程减缓了他被引渡到美国的可能性。最初仅对他提出一项指控的决定表明，墨西哥政府正在准备对 El Chapo 提出更正式的指控。矮子，可能还包括他 2001 年越狱前面临的指控。"矮子"还在至少七个美国司法管辖区面临指控。

2014 年 2 月 25 日，一名墨西哥联邦法官启动了对毒品相关和有组织犯罪指控的审判。

https://en.wikipedia.org/wiki/Joaqu%C3%ADn_%22El_Chapo%22_Guzm%C3%A1n - cite_note-167 2014 年 3 月 4 日，墨西哥联邦法院正式指控矮子参与有组织犯罪。

2015 年 7 月 11 日，在正式宣判之前，"矮子"通过同伙挖的隧道越狱，进入联邦社会重新适应第一中心的牢房。监控摄像头最后一次看到他是在20点52分，位于牢房淋浴区附近。淋浴区是他的牢房中唯一通过安全摄像头看不到的部分。

当监控录像二十五分钟后，恶警们都没有看到他，于是工作人员开始寻找他。

https://en.wikipedia.org/wiki/Joaqu%C3%ADn_%22El_Chapo%22_Guzm%C3%A1n - cite_note-CNNElChapo-194 当他们到达他的牢房时，"矮子"已经走了。他通过一条从淋浴区通向1.5公里（0.93英里）外圣胡安尼塔社区的房屋建筑工地的隧道逃走。隧道位于地下10m（33英尺）深，矮子利用梯子爬到了底部。隧道高1.7m（5英尺7英寸），宽75厘米（30英寸）。它配备了人造灯、通风管道和高质量的建筑材料。此外，在隧道中还发现了一辆摩托车，很可能是用来运送物资的，也可能是矮子本人用来运送的。

当越狱消息传出时，墨西哥总统培尼亚·涅托(Peña Nieto)正在法国进行国事访问，其内阁的几名高级官员和其他许多人也正在法国进行国事访问。

https://en.wikipedia.org/wiki/Joaqu%C3%ADn_%22El_Chapo%22_Guzm%C3%A1n - cite_note-206 佩尼亚·涅托于7月17日返回墨西哥。 2015年。培尼亚·涅托在新闻发布会上表示，他对"矮子"的逃脱感到震惊。他承诺政府将进行深入调查，看看官员们是否在越狱中合作。此外，他声称"矮子"的逃跑是对墨西哥政府的"侮辱"，政府不会不惜一切资源试图抓回他。

黑天鹅行动是美国和墨西哥领导的一项旨在夺回"矮子"的联合军事行动。2016年1月8日，锡那罗亚州洛斯莫奇斯市发生致命交火后，墨西哥当局重新夺回了矮子城。袭击期间，五名枪手被杀，六人被捕，一名海军陆战队员受伤。墨西哥海军发现了两辆装甲车、八支突击步枪，其中包括两支巴雷特M82狙击步枪、两支带榴弹发射器的M16步枪和一支已装弹的火箭推进式榴弹发射器。

https://en.wikipedia.org/wiki/Joaqu%C3%ADn_%22El_Chapo%22_Guzm%C3%A1n - cite_note-238

随后，"矮子"被带到洛斯莫奇斯机场，转机前往墨西哥城，在墨西哥城机场接受媒体采访，然后由海军直升机送往他于2015年7月越狱的同一座高度戒备的监狱。

墨西哥政府于2017年1月19日将"矮子"引渡到美国，而就在唐纳德·特朗普就任美国总统的前一天，他誓言加强边境安全以制止移民和毒品走私。"矮子"被移交给HSI和DEA特工看管

经过三个月的审判后，联邦陪审团于2019年2月12日判定"矮子"的全部10项罪名成立，包括贩运毒品、使用枪支实施毒品犯罪以及参与洗钱阴谋。2019年2月17日，美国地区法官Brian M. Cogan判处"矮子"无期徒刑，并连续执行30年无期徒刑，罪名是作为持续犯罪企业（墨西哥有组织犯罪集团）的主要领导人。锡那罗亚卡特尔——一项指控包括26项与毒品有关的违法行为和一项谋杀阴谋。法院还命令"矮子"支付126亿美元的没收款。他被监禁在美国科罗拉多州佛罗伦萨ADX监狱

2022年1月26日，美国第二巡回上诉法院维持了对"矮子"贩毒的定罪，驳回了他关于陪审员在审判期间媒体不当关注案件的论点。上诉法院还驳回了其他论点，包括陪审团不当行为以及他在监狱中经历的条件令人遗憾，并要求重新审判。

2022年6月5日，美国最高法院驳回了被定罪的"矮子"的请愿，但没有发表评论。"矮子"目前因多项刑事指控在美国联邦监狱服刑。

"矮子"通过隧道逃亡的经历将永远被人们铭记。据美国缉毒局（DEA）报告，隧道仍然被用来走私毒品。最近对此类隧道的识别之一是由美国海关和边境巡逻队（CBP）完成的，美国政府将其命名为125号隧道。

逮捕"矮子"后，美国政府已经找到了35条通道，这些通道最初是"矮子"贩毒集团所走的路线。发现的隧道有电梯、通风机、推车钢轨等适当的设施，用于顺利运输毒品。与此相关的是，美国移民和海关执法局（ICE）于2018年运营的隧道特别工作组成功发现了一条隧道，该隧道从亚利桑那州的一家餐馆通往位于索诺拉州圣路易斯里奥科罗拉多州的一所房屋和房主该餐厅的一名员工被发现参与可卡因、甲基苯丙胺、芬太尼等知名毒品的贩毒活动。调查结束后，他立即被捕。为了使隧道调查过程更加顺利，美国陆军工程师正在努力设计有助于轻松探测隧道的技术。

矮子的弱点是他的自恋。他正在联系演员和导演，委托他们创作有关他一生的剧本。他与演员和制片人的沟通为墨西哥总检察长提供了新的调查线索。

2015年越狱时，他很可能逃到山里，过着奢侈的生活。相反，他在2015年10月做出了史无前例的举动，接受了好莱坞演员西恩·潘（Sean Penn）的独家专访。这个决定可能让他失去了自由。在《滚石》杂志发表的采访中，他说，"我拥有一支由潜艇、飞机、卡车和船只组成的舰队"。被捕后，有人猜测（尽管从未得到正式证实）墨西哥当局通过追踪佩恩发现了"矮子"。墨西哥总检察长阿雷利·戈麦斯（Arely Gómez）表示："他联系了女演员和制片人，这是一系列调查的一部分。"

就像巴勃罗·埃斯科巴一样，"矮子"也因为他所做的善事以及他的家人所继承的善行而得到了社会各界的支持。这些工作包括帮助政府严重失败的某些社会阶层。他为几个抑郁阶层的人们提供了谋生手段，并找到了与社会不同社区相关的问题的解决方案。因此，他的遗产将会长久存在。

就像巴勃罗·埃斯科巴一样，他拥有巨额资金。在纽约为期11周的审判中，前卡特尔成员米格尔·安赫尔·马丁内斯告诉法庭，"矮子"非常富有，他在墨西哥每个州都有房产。他拥有一座私人动物园、一栋价值1000万美元的海滨别墅和以自己名字命名的游艇"Chapito"。

在接受《滚石》杂志采访时，矮子表示，认为"当我不存在的那一天"贩毒就会停止是错误的。其他人很快就会取代他的位置。

巴西毒枭
后来进入者

古柯植物传统上生长在哥伦比亚、秘鲁和玻利维亚的安第斯高地。它没有在巴西生长。巴西被视为可卡因消费国,也是哥伦比亚、秘鲁和玻利维亚制造的产品的巨大市场。这三个国家生产的可卡因曾通过巴拉圭进入巴西,巴拉圭长期以来一直是可卡因进入巴西的过境路线。

胡安·卡洛斯·拉米雷斯·阿巴迪亚(Juan Carlos Ramirez Abadia)*别名*Chupeta*别名*Lolly Pop

此前,哥伦比亚的胡安·卡洛斯·拉米雷斯·阿巴迪亚等领导人控制了巴西的整个毒品业务。拉米雷斯·阿巴迪亚是哥伦比亚卡利附近强大的北谷卡特尔(Norte del Valle Cartel)的最高领导人之一。1996年至2002年,他向当局自首后在哥伦比亚监狱服刑。他接受了至少三次整容手术,彻底改变自己的外表,以避免被认出来。

https://en.wikipedia.org/wiki/Juan_Carlos_Ram%C3%ADrez_Abad%C3%ADa - cite_note-:0-5拉米雷斯·阿巴迪亚(Ramirez Abadia)2004年在纽约和华盛顿被起诉,罪名是领导强大的北谷卡特尔。在2007年纽约的第二份起诉书中,他被指控雇佣枪手杀害他的一名工人。根据华盛顿起诉书,1990年至2004年间,北谷贩毒集团从哥伦比亚向美国出口了价值超过100亿美元的可卡因

拉米雷斯·阿巴迪亚(Ramirez Abadia)在巴西生活和经营。2007年8月7日,他在巴西圣保罗一个名为Aldeia da Serra的专属地区被捕。巴西当局发现他与家人过着奢侈的生活,并在各大洲经营着一个贩毒集团。2008年3月,他在巴西被判处30年监禁。拉米雷斯·阿巴迪亚的妻子耶西卡·保罗·罗哈斯·莫拉莱斯因参与拉米雷斯·阿巴迪亚的行动而被判处11年零6个月监禁。另外八人也被定罪。

拉米雷斯·阿巴迪亚曾寻求引渡到美国，称他担心如果被送回自己的祖国，自己的生命会受到威胁。与此同时，哥伦比亚从毒枭手中没收了价值 4 亿美元的财产，其中包括一座加勒比海岛屿。他们没收了拉米雷斯·阿巴迪亚（Ramirez Abadia）和他的妻子的物品，包括古董波特酒和大量鞋子收藏。这些作品于 2008 年 4 月在圣保罗的一次拍卖会上出售。

2008年3月13日，巴西最高法院批准将他引渡到美国，并于2008年8月22日被引渡。

https://en.wikipedia.org/wiki/Juan_Carlos_Ram%C3%ADrez_Abad%C3%ADa - cite_note-:1-102010年，他承认谋杀和毒品指控。作为认罪协议的一部分，他成为美国政府的证人，以换取 25 年徒刑。他在 2018 年对传奇人物华金·"矮子"古兹曼的审判中作证，称他是"矮子"锡那罗亚贩毒集团的主要可卡因供应商。2022 年 5 月，联邦检察官承认拉米雷斯·阿巴迪亚提供了有益的合作，并要求量刑法官履行这笔交易，判处 25 年徒刑。拉米雷斯·阿巴迪亚是哥伦比亚可卡因贩毒集团最有权势的领导人之一。他被认为是已故哥伦比亚头目巴勃罗·埃斯科瓦尔的继承人。

美国检察官本顿·坎贝尔（Benton Campbell）在一份声明中表示："他的非法活动包括毒品制造商、快递员、洗钱者和会计师，他和他的同伙诉诸贿赂、绑架、酷刑甚至谋杀，以实现尽可能多赚钱的目标。"陈述。

巴西的古柯种植园 2008 年 3 月，卫星图像显示空地面积约为 2 公顷（5 英亩）的古柯种植园，巴西政府当局在巴西丛林中发现了第一个已知的古柯种植园。陆军部队乘坐直升机和小船还在距该地点约 130 公里处发现了一个提炼可卡因的实验室。位于边境城镇塔巴廷加以南，沿着贾瓦里河沿岸，这条河沿着巴西西部与秘鲁的边界流淌。

他们推测卡特尔对古柯植物进行了基因改造，使其能够在潮湿的丛林条件下生长。贩毒集团进入巴西亚马逊森林，开始在雨林深处生产可卡因，开辟了南美洲毒品贸易的新领域。

随着墨西哥贩毒集团垄断利润丰厚的美国市场，巴西犯罪团伙将目光投向了欧洲。由于运输距离较长且涉及额外风险，那里的价格高于美国。欧洲也是运往中东和亚洲不断增长的市场的可卡因的便利中转站。

巴西贩毒团伙 巴西有三大贩毒团伙——红色指挥部、第一首都指挥部和北方家族。这三人并不是从毒品开始的。他们的成立是为了对抗巴西监狱的恶劣条件。

红色指挥部 红色指挥部诞生于普通罪犯和左翼激进分子之间的联盟，1964年至1985年，这两个组织在巴西军事独裁统治下被关押在监狱里。里约热内卢格兰德岛坎迪多·门德斯监狱的条件极其恶劣，囚犯们为了在系统内生存而联合起来。

他们首先成立了一个名为"Falange Vermelho"或"红色方阵"的左翼民兵组织，但这种意识形态很快就被抛弃，该组织更加深入地参与有组织犯罪，并被媒体称为"红色指挥部"。到1979年，该组织已经走出监狱，来到里约街头。外部成员被要求通过抢劫银行等犯罪活动向内部成员提供资金，使他们能够在监狱中维持体面的生活质量并资助越狱企图。

当可卡因贸易在20世纪80年代开始蓬勃发展时，红色司令部处于与哥伦比亚贩毒集团合作的理想位置。它具有可靠地获取和分发大量药物的结构和组织。外部成员现在有了明确的目标——组建装备精良的团伙，以红色司令部的名义占领毒品地盘。他们控制了里约热内卢许多被国家忽视的贫困社区，在贫民窟或棚屋内建立了平行的政府系统，并为长期被排除在巴西社会之外的居民提供了就业机会。

到了20世纪90年代，该市全能的非法赌博老板（被称为"bicheiros"）的影响力开始减弱，这为红色指挥部成为里约最大的有组织犯罪集团并在其他州扩大影响力铺平了道路。

红色司令部与现已基本复员的哥伦比亚革命武装力量（Fuerzas Armadas Revolucionarias de Columbia - FARC）保持着联系。红色指挥部领导人路易斯·费尔南多·达科斯塔（

又名"费尔南迪尼奥·贝拉-马尔")于 2001 年在哥伦比亚被捕,当时他涉嫌与游击队交换武器换取可卡因。

2005年,据估计红色指挥部控制了里约热内卢一半以上暴力最严重的地区,但到2008年这一数字已降至40%以下。2010 年代初,一项旨在让国家在犯罪主导地区派驻的警察安抚计划进一步削弱了该组织的影响力,但该安全战略的长期影响有限。

2016 年底,红色司令部与 1993 年成立的第一首都司令部(PCC)之间的长期联盟破裂,在巴西监狱引发了一波暴力事件。在接下来的一年里,两个组织之间的冲突仍在继续,PCC 试图通过与敌方帮派结盟以及拉拢红色司令部成员来削弱红色司令部的权力,以控制该地区的贩毒活动。集团的传统影响范围。

红色司令部的领导结构相对松散,被描述为一个独立行动者的网络,而不是一个由单一领导人领导的严格的等级组织。然而,该组织内部也有一些著名的老板,包括目前被监禁的路易斯·费尔南多·达科斯塔(又名"费尔南迪尼奥·贝拉-马尔");还有伊萨亚斯·达·科斯塔·罗德里格斯(Isaias da Costa Rodrigues),别名"伊萨亚斯·多·博雷尔"(Isaias do Borel),他在监狱里呆了 20 多年,直到 2012 年获释。2014 年 12 月,巴拉圭当局逮捕了红色指挥部高级领导人路易斯·克劳迪奥·马查多(化名"马雷塔")。

尽管费尔南迪尼奥·贝拉-马尔被判终身监禁,但他在该组织内仍保持着强大的影响力,警方也继续针对他的遗产。2022 年 1 月,一次突袭杀死了林多马尔·格雷戈里奥·德卢塞纳(Lindomar Gregório de Lucena),别名"巴布伊诺"(Babuino),据称他是里约热内卢红色司令部的领导人,也是贝拉-马尔的养子。

2022 年 5 月 24 日,警察人员在武装车辆和直升机的支援下袭击了里约热内卢附近的维拉克鲁塞罗贫民窟,引发了一场惨烈战斗,造成 23 人死亡。此次行动的重点是发现并逮捕贩毒集团的犯罪头目,其中一些人来自其他州。一名妇女在帮派成员与警察的枪战中被流弹击中后意外身亡。

红色司令部总部设在里约热内卢,但在巴西其他地区也设有办事处,包括圣保罗。这种现象在北部的亚马逊州和西部的马托格罗索州尤为强烈。该公司还在巴拉圭和玻利维亚开展业务。红色指挥部与 PCC 密切合作,直到两个组织的长期联盟于 2016 年破裂。尽管规模远小于 PCC,但 2020 年,红色司令部在巴西各地拥有约 30,000 名成员。

第一首都司令部 - PCC 红色司令部的想法传播到了其他监狱。红色指挥部的力量也随之增强。二十年后,圣保罗发生了类似的囚犯运动,成立了第一首都司令部(Primeiro Comando da Capital - PCC)。

红色指挥部和PCC组织都是由囚犯组成的自卫团体,旨在报复巴西残酷的监狱制度。

PCC 是在1992 年 10 月圣保罗卡兰迪鲁监狱发生大屠杀后成立的,该监狱发生骚乱后,巴西安全部队杀害了 100 多名囚犯。1993年8月,被转移到陶巴特监狱的八名囚犯组成了PCC,为大屠杀伸张正义,并推动改善监狱条件。他们表达了对旧红色指挥部的声援,采用了其"和平、正义、自由"的口号,并主张革命和摧毁资本主义制度。

1997 年,记者法蒂玛·苏扎(Fatima Souza)首次公开报道了 PCC 的存在,但圣保罗政府继续否认此类组织的存在。1999年,该团伙实施了圣保罗历史上最大的银行抢劫案,盗走了约3200万美元。在随后的几年里,政府对政协领导人进行了分裂,将他们转移到全国各地的监狱。然而,这使得该团伙与其他犯罪集团建立了更牢固的联系,并更广泛地传播其思想。

1999年,银行抢劫犯马科斯·威廉姆斯·赫巴斯·卡马乔(绰号"马可拉")加入了PCC领导层。马科拉有玻利维亚血统,被认为是罪犯中的天才。他为该组织的商业模式注入了新的维度。到那时,PCC控制了两打以上的监狱。它还控制了数千名在街上自由活动的成员。这位新兴的 PCC 领导人明白，普通会员是该组织的宝贵资产，有助于增加收入、影响力和权力。在马科拉的管理下，PCC 开始整合，成为马克斯·曼瓦林（Max Manwaring）所说的"第二代帮派"，其组织目的既是为了商业，也是为了控制当地地形。马科拉不仅扩大了PCC在贩毒和银行抢劫方面的活动（后者是他的专长），他还领导该组织采取市场犯罪观，通过暴力占领市场份额，扫除竞争对手。

到了 2001 年，政府已经不可能否认 PCC 的存在，因为它协调了世界上有史以来最大规模的监狱叛乱。2001 年 2 月，PCC 引起了全世界公众的关注，当时 28,000 名囚犯控制了圣保罗州 19 个城市的 29 所监狱。超过10,000人被扣为人质。

2006年，PCC在成员转移到偏远设施后发起了更大规模的叛乱以抗议。被监禁的成员占领了全国 70 多座监狱，将游客扣为人质。与此同时，该组织针对圣保罗发起了协调一致的袭击，造成 150 多人死亡。

在接下来的十年里，PCC的实力和复杂性不断增强，这得益于其在巴西资源匮乏的监狱中几乎不受阻碍地开展业务的能力，以及据报道与圣保罗警方达成的休战协议。2010 年代初，该组织开始拓展业务，在玻利维亚和巴拉圭等邻国开展毒品和武器贩运活动。

2012年底，圣保罗公安部长在警察与PCC之间发生一系列暴力冲突后被迫辞职，据报道，此举是为了回应当局违反休战精神加大对该团伙的打击力度。

2010 年代初，PCC 还尝试影响其家乡圣保罗州的政治。随着招募人数和收入的增加，该团伙开始成为巴西最强大的犯罪组织。

PCC 在巴西大部分地区拥有 30,000 多名会员，每月收入数百万美元，其犯罪活动范围扩大到包括大规模的国际贩毒活动。该组织与强大的意大利黑手党"光荣会"建立了联系，并开始在中国等国外洗钱。

在这十年的后半段，PCC变得更加大胆和暴力。该组织被指控在 2015 年在巴拉圭制造了一系列武装抢劫案。2016 年初，互联网上出现了一段描述一名青少年被斩首的视频，据报道，该视频与 PCC 与其昔日盟友第一卡塔里尼塞集团（Primeiro Grupo da Catarinense - PGC）之间的争端有关。

2016年底，PCC打破了与红色司令部的长期休战协议，引发了长达数月的血腥监狱骚乱，导致数百人死亡。当局将暴力事件与两个组织之间的冲突联系起来，争夺控制穿过巴西偏远的北部亚马逊地区的利润丰厚的贩毒路线。PCC 正在其家乡里约热内卢挑战红色指挥部。PCC还在圣保罗州抵御来自敌对组织的挑战，导致该州暴力事件激增。

2017年，PCC进入扩张模式。该组织与途经乌拉圭的国际毒品运输、玻利维亚的绑架和抢劫活动有关，并试图招募正在复员的哥伦比亚革命武装力量（FARC）的持不同政见成员。

据报道，PCC 还因与巴拉圭毒品贸易冲突有关的一系列谋杀案而受到指责。据报道，2017年4月，该团伙实施了巴拉圭历史上最大规模的武装抢劫案。2017 年 4 月 24 日午夜刚过，50 至 60 名携带军用级武器和爆炸物的人袭击了埃斯特城的一家运输公司，该城镇靠近巴拉圭、巴西和阿根廷交界的所谓"三国边境"地区。

尽管官方并未透露具体金额，但据媒体报道，约有 4000 万美元被盗。当地媒体将这次行动描述为"世纪抢劫"，并形容这座城市陷入了"战争状态"。

PCC 通过特许经营制度，通过强大的独立地方领导层进行组织，而不是依赖于垂直等级制度。然而，会费是向该组织成员收取的，用于支付律师费、贿赂狱警和警察以及购买毒品和武器。巴西联邦警察 2018 年的一份报告称，该团伙由一群有权势的地区领导人在最高层管理，其中许多人已被监禁。

PCC 的两名创始成员——何塞·马西奥·费利西奥（化名"Geleião"）和塞萨尔·奥古斯托·罗里兹·达席尔瓦（化名"Cesinha"）于 2002 年被该组织开除，并成立了一个竞争对手组织——第三首都指挥部（Terceiro Comando da资本-TCC）。

据巴西警方称，马科斯·威廉斯·赫巴斯·卡马乔（Marcos Willians Herbas Camacho），又名"马可拉"，是该组织的最高领导人，他在监狱里开展活动，因贩毒罪被判处两年徒刑。该组织的二号人物阿贝尔·帕切科（Abel Pacheco），别名"维达·洛卡"，因谋杀指控而入狱，并面临审判。

2017年底和2018年初，PCC失去了几位最高领导人。PCC 高级领导人爱迪生·博尔赫斯·诺盖拉（Edison Borges Nogueira），别名"比罗斯卡"，于 2017 年 12 月在圣保罗监狱被杀，今年早些时候，他因妻子与其他囚犯家属之间的争斗而被逐出该组织。在一辆公交车上。罗杰里奥·杰里米亚斯·德·西蒙尼（别名"Gegê do Mangue"）据称是 PCC 的第三号人物，而法比亚诺·阿尔维斯·德苏扎（别名"Paca"）是另一位最高领导人，于 2018 年 2 月在一次疑似与敌对组织的冲突中被杀。

2018 年初，PCC 与红色司令部休战破裂的影响继续引发暴力，而 PCC 似乎并未被其持续的国内和国际扩张运动吓倒。

PCC集团目前是巴西最大、组织最完善的犯罪组织。它的总部位于巴西人口最多、经济最重要的州圣保罗。但它在全国各地都有存在。近年来，该组织将其活动扩展到国际范围，除了与欧洲和亚洲的犯罪集团建立联系外，还在南美洲几乎每个国家开展业务。

2019 年 7 月，巴西警方在桑托斯附近逮捕了据称是意大利光荣会黑帮高级成员尼古拉·阿西西（Nicola Assisi）及其儿子帕特里克（Patrick）。他们被"指控为欧洲最大的可卡因供应商"，并被引渡到意大利。'光荣会是世界上最强大的黑手党类型犯罪组织之一。

北方家族 （FDN） 北方家族是第三个犯罪派别，占领巴西北部以及哥伦比亚、秘鲁和委内瑞拉等邻国的一些地区。

https://en.wikipedia.org/wiki/Fam%C3%ADlia_do_Norte -

cite_note-auto1-1它是巴西第三大派系，也是亚马逊州最大的派系。它与巴西其他派系的关系并不好，已经陷入了几次派系战争。

https://en.wikipedia.org/wiki/Fam%C3%ADlia_do_Norte_-cite_note-5

Northern Family 由Fernandes Barbosa、Zé Roberto da Compensa和Gelson Carnaúba（又名Mano G.）于2007年创建。它出现在马瑙斯的监狱和郊区，以对抗马瑙斯监狱中存在的不稳定和危险的条件。2015年至2018年间，北方家族和Comando Vermelho结成联盟，阻止PCC在亚马逊的推进，导致2016年PCC和红色指挥部之间的战争。

https://en.wikipedia.org/wiki/Fam%C3%ADlia_do_Norte_-cite_note-8 2018年，该联盟解散，导致Comando Vermelho和北方家族之间发生对抗，削弱了该派系。

2017年，北方家族集团出现分裂，当时一名高级成员若昂·平托·卡里奥卡（化名"若昂·布兰科"）创立了一个分裂组织"北方纯粹家族"（Familia do Norte Pura），两派展开了血腥斗争从那时起，双方就开始了针对彼此的暴力活动。2019年5月26日至27日期间，两个团体之间发生的特别暴力的监狱骚乱导致55名囚犯死亡。

FDN 成员针对 2020 年 1 月的 CV 攻击发布的视频显示，该组织的剩余成员牢牢受 Zé Roberto da Compensa 指挥，他的儿子 Luciano da Silva Barbosa（化名"L7"）成为另一位领导人。

洛斯卡克特诺斯 Los Caqueteños 于 2010 年由当地准军事部队前成员创立，总部位于哥伦比亚边境小镇莱蒂西亚。根据哥伦比亚的一份报告，它是"三重边境地区最好战的组织"。

2019 年 8 月，警方逮捕了 19 岁的凯文·瓦伦西亚·阿斯图迪略（Kevin Valencia Astudillo），他是"Los Caqueteños"杀手网络的头目。同年，双边缉毒部队试图扰乱洛斯卡克特尼奥斯在卡瓦洛科查周围的一些行动。但在丛林中，警察似乎总是落后人贩子一步。这次任务依靠秘鲁人提供的两架老化的俄罗斯 Mi-17 直升机。其中一个立即发生故障，导致新零件的空运延迟了几天。直升机修好后，任务只逮捕了三人。听到飞机接近的声音，嫌疑人消失在丛林中。

该小组还烧毁了五个所谓的浆料实验室，这些实验室在古柯种植园进行第一阶段的加工。这些设施通常是简陋的棚屋，工人们将古柯叶、汽油和其他化学品装满塑料桶，形成古柯糊。然后，这种绿色污泥被运送到更先进的实验室，加工成白色粉末状可卡因。

但随着时间一天天过去，查获的糊状物数量并不多。然后是一个潜在的突破。一名线人称，一架载有 300 公斤（661.4 磅）古柯酱的小型飞机在从秘密跑道起飞时坠毁。据举报人称，跑道旁还有另外 700 公斤（1,543.2 磅）的物品，由 10 名全副武装的人员看守。

第二天中午左右，数十名秘鲁警察乘坐直升机出发。当跑道进入视野时，直升机枪手用机枪扫射。着陆后，他们发现没有武装警卫，没有毒品，也没有飞机。他们找到了一架巴西人拥有的 Beechcraft Baron 58 飞机的烧焦残骸，该飞机被砍断并留在河里。它也是空的。

巴西 FDN 和洛斯卡克特诺斯之间建立了合作伙伴关系。在不同时间不同群体之间改变帮派联盟会增加复杂性。

桑托斯港 - 巴西圣保罗州 据其官方网站介绍，桑托斯港连接全球125个国家的600多个港口。此后，该公司不断扩大规模，并获得了创纪录的利润。该公司原定于 2022 年底实现私有化。但由于有些波折，决定暂时要等待。

PCC 控制着附近的桑托斯港，每天处理约 7,000 个集装箱。由于桑托斯充斥着可卡因，港口官员加强了安全措施。自 2016 年以来，每个运往欧洲的集装箱都要接受 X 射线扫描。

2019 年，海关人员在桑托斯缉获了创纪录的 27 吨可卡因，比三年前增加了 154%。

一些犯罪组织正在利用该网络。但控制圣保罗毒品贩运的 PCC 被认为是最重要的组织之一。PCC 已将其贩毒触角延伸到整个地区，并控制了几条主要的可卡因贩运路线，将安第斯国家生产的毒品带入巴西，并将其运往出口中心，特别是通过桑托斯港等港口。

2010年至2019年间，巴西联邦警察（PF）在桑托斯港共查获 80.7吨可卡因。2020 年疫情期间，当局缉获了 14.1 吨可卡因。2021 年，巴西税务局（RFB，葡萄牙语）的行动导致在港口查获约 15 吨可卡因。根据 PF 数据，大约 80% 的毒品运往欧洲国家。

2022 年 2 月 3 日，巴西联邦警察在咖啡豆包装中发现了 558 公斤可卡因。货物已准备好从桑托斯港运往德国。巴西港口，尤其是位于圣保罗州的桑托斯港口缉获毒品的情况非常频繁，国际调查新闻组织 InSight Crime 最近的一份报告称其为"关键关键事件"。促进全球可卡因贸易。"

2015 年，比利时海关仅缉获了 293 公斤（646 磅）来自巴西的可卡因，不到当年缉获量的 2%。进口量猛增。比利时已成为南美可卡因进入欧洲的首要门户，几乎全部通过安特卫普港。2019 年，当局在欧洲第二大港口安特卫普缉获了创纪录的近 62 吨可卡因。其中最大的份额——15.9吨，约占总量的四分之一——来自来自巴西的船只。

欧洲第二重要港口西班牙的情况也类似。五年前，巴西并未跻身被发现携带可卡因进入西班牙的货船的主要登船点之列。前五名分别是哥伦比亚、委内瑞拉、葡萄牙、厄瓜多尔和智利。巴西在 2016 年和 2018 年再次跃居第一，执法部门从巴西港口抵达的船只上查获了创纪录的 4.3 吨货物。巴西也是 2018 年缉获的进入德国的可卡因的最大来源地，缉获量接近 2.1 吨，创历史新高。

专家警告说，忧虑数字并不能说明全部情况。缉获量的增加也可能反映出警务工作的加强，而不是流量的增加。但欧洲现在正"在毒品中游泳"，而巴西在帮助欧洲实现这一目标方面发挥着越来越重要的作用。

根据联合国毒品和犯罪问题办公室（UNODC）的数据，全球可卡因产量（几乎全部来自哥伦比亚、秘鲁和玻利维亚）在2013年至2017年间增加了一倍多，估计达到1,976吨。南美洲一直充斥着需要买家的高纯度粉末。根据毒品和犯罪问题办公室的《2019年世界毒品报告》，供应量的迅速增长导致价格下降，从而吸引了全世界的新使用者。

巴西联邦警察缉毒沙皇塞科则更为谨慎。他说，缉获量增加是因为安第斯山脉的产量急剧增加，越来越多的可卡因进入巴西，"而不是因为执法方面的任何新投资"。

据联邦警察称，巴西犯罪团伙还沿着与哥伦比亚和秘鲁的所谓三重边境将可卡因进口到该国偏远的北部亚马逊地区。他们说，大部分产品沿着亚马逊河乘船进入巴西，驶往拥有约200万人口的马瑙斯市。从那里，它顺流而下，直到到达苏阿佩和纳塔尔等东北部海港，为穿越大西洋做准备。巴西联邦警官查尔斯·纳西门托（Charles Nascimento）是亚马逊缉毒行动的资深人士，他说，与以前相比，犯罪团伙"不再那么害怕，也更强大"。

雅伊尔·梅西亚斯·博尔索纳罗（Jair Messias Bolsonaro）是巴西政治家和退役军官，自2019年1月1日起就任巴西第38任总统。博尔索纳罗政府正在与安第斯邻国加强禁毒工作。博尔索纳罗政府正在打击这些团伙，重点打击他们的财务状况，并将被监禁的领导人转移到安全级别最高的联邦看守所。

近年来，巴西已成为向欧洲运送毒品的主要渠道国家之一。这反过来又使巴拉圭成为从哥伦比亚、秘鲁和玻利维亚等生产国走私可卡因的重要中转站。警方称，该团伙贿赂或威胁港口工人将可卡因放入出境集装箱中。一些毒品被装载在海上近海的货船上，走私者则乘坐较小的船只在旁边行驶。

桑托斯港充满活力，基础设施非常发达，每周有数千艘船只往返，显然是毒品贩运最方便的地方。但镇压和监视的增加使他们开辟或加强了其他路线。该国东北部还有其他准备好的港口，如累西腓、福塔莱萨和萨尔瓦多，能够主要通过伊比利亚港口，如葡萄牙、西班牙经加那利群岛，或通过伊比利亚港口过境非洲和欧洲。意大利南部和法国，通过大西洋接收这股气流。

印度毒枭

印度不存在可与上述章节中提到的毒枭和贩毒集团相媲美的毒枭和贩毒集团。但我们确实有非常多的消费者，印度也可能是一个过境国。毒品问题日益严重。

印度负责禁毒执法的机构麻醉品管制局（NCB）的数据显示，该国缉获的毒品总量从2011年的23,960公斤增加到2020年的60,312公斤，增长了152%。据报告，2019年缉获量最高，执法机构缉获了66,626公斤毒品。数据显示，大麻、海洛因以及甲基苯丙胺和安非他明等合成毒品是该国最常贩运的毒品。

一些最大的缉获量 1. 2018年9月缉获情况：NCB在孟买JNPT的一个集装箱中缉获了1,000公斤海洛因。海洛因被隐藏在一批进口货物中，据信源自阿富汗。查获的物品价值估计约为250亿卢比（3.5亿美元）。这是印度历史上缉获的最大海洛因之一。

2、2018年11月查获：NCB在孟买JNPT的一个集装箱中查获了1,187公斤可卡因。可卡因被藏在一批家具中，据信源自南美洲。查获的物品价值估计约为240亿卢比（3.4亿美元）。这是印度历史上缉获的最大宗可卡因案件之一。

3. 2020年6月的查获：印度海岸警卫队在古吉拉特邦海岸拦截一艘船只，发现1.5吨海洛因以及其他毒品和武器。据信这些毒品源自阿富汗，目的地是国际市场。查获的物品价值估计超过350亿卢比（5亿美元）。这是印度历史上查获的最大宗毒品案件之一。

4. 2021年1月缉获情况：NCB在孟买那瓦舍瓦港的一个集装箱中缉获了200公斤海洛因。海洛因被藏在一批运往外国的滑石粉中。查获的物品价值估计超过100亿卢比（1.4亿美元）。这是近年来查获的最大的海洛因案件之一。

全国查获有史以来最大宗毒品 接到举报后，2019 年5月 9 日上午，中央工业安全部队（CISF）在新德里英迪拉甘地国际机场拦截了一名来自南非的 31 岁女乘客 Nomsa Lutalo。该女子原定搭乘经迪拜飞往约翰内斯堡的航班。

检查时，在她的行李中发现了24.7公斤伪麻黄碱。在接受询问时，该女子表示，这批货物是两名尼日利亚人在大诺伊达交给她的。她说，有人要求她把同样的东西带到约翰内斯堡，并承诺用大笔钱作为交换。

根据卢塔洛的审讯，NCB 小组于同一天对大诺伊达 P4 区的已确定地点进行了突击搜查。他们发现房子里住着一名男子 Henry Ideofor（35 岁）和一名女子 Chimando Okora（30 岁）。两人都来自尼日利亚。在搜查过程中，NCB 团队在屋内发现了多个罐子和盒子，里面装有 1,818 公斤伪麻黄碱。他们还查获1.9公斤可卡因。查获的毒品价值估计超过 100 亿卢比。他们逮捕了三人——两名尼日利亚国民和一名南非国民。

在审讯过程中，Ideofor 和 Okora 告诉官员，他们租用了这栋房子，并自 2015 年以来一直住在那里。Ideofor 和 Okora 告诉官员，他们从各种非法来源购买了这种化学品，并将其储存起来用于制造毒品。他们还曾制造假海洛因并非法运出境。他们声称还在德里国家首都区分发了这些毒品。前体和制成品大部分运往非洲国家。

这座位于大诺伊达的房子的所有者是 PN Pandey，他是一名 IPS 官员，任职于勒克瑙的 UP 警察经济犯罪部门。当 NCB 联系潘迪时，他说他通过房地产经销商出租了自己的房子，并且不知道那里正在发生的活动。他说："我不知道我家经营毒品生意。过去一年我什至没有收到任何租金，并向圈子官员投诉了这两名尼日利亚国民。租赁协议中还明确提到，住户将承担任何违法行为的责任。"

犯罪分子精心挑选了一名 IPS 官员的房屋来进行非法活动。它被用作药品生产单位。NCB 区域主任马达夫·辛格（Madhav Singh） 表示，这是印度有史以来查获的最大宗毒品案件，也是过去三年来全球查获的最大宗伪麻黄碱案件。他阐述说，伪麻黄碱是用于制造麻醉药品和精神药物的前体。伪麻黄碱的出口需要麻醉品专员的无异议证明。

新药——水培除草 根据先前信息，2022年10月19日，税务情报局官员在孟买航空货运中心的快递航站拦截并扣押了两批原产于美国的货物。这批货物被申报为"室外混凝土火坑"。但其中含有约 86.5 公斤优质水培杂草——一种新药（不使用土壤种植的大麻），价值 3.95 亿卢比。

DRI 官员对货物中提到的目的地地址进行了搜查。后续搜查使官员们找到了与进口商有联系的仓库和办公室。搜查行动最终打击了孟买两名印度人经营的贩毒集团。这次查获表明了一种令人震惊的新趋势，即原产于美国的水培杂草正在进口到印度。

迄今为止查获的最大宗毒品 2021 年 9 月 14 日，当局缉获了超过 3,000 公斤海洛因，估计价值 1000 卢比，堪称世界上有史以来最大的缉获行动之一。 21,00 亿卢比（大约）——来自古吉拉特邦卡奇蒙德拉港的两个集装箱。这些集装箱最初被申报装有半加工的滑石和烟煤。

这批货物是通过海上路线从阿富汗坎大哈经伊朗阿巴斯港走私的。去年，有八人被拘留，其中包括四名阿富汗人、一名乌兹别克斯坦人和三名印度人。

该批货物由位于安得拉邦维杰亚瓦达的 Aashi 贸易公司进口。调查仍在进行中。

那么大鱼呢——国际贩毒集团 2023年2月10日，最高法院表示，在NDPS案件中，抓获的大多是小毒贩，而不是经营贩毒集团的真正罪犯。印度首席大法官钱德拉楚表示："我们必须说，印度政府和调查机构并没有逮捕大鱼。为什么不去追捕国际贩毒集团？尝试抓住他们。你只能钓小鱼，比如农夫、站在公交车站或其他地方的人。"

这些缉获量证明了印度执法机构为打击该国贩毒问题所做的努力。但实际上，缉获的毒品仅占实际走私数量的一小部分，因此它们也凸显了国家和国际执法机构需要更加警惕和合作，以遏制非法毒品的流动。

高知再次查获毒品 2023 年 5 月 13 日，麻醉品管制局（NCB）和印度海军在一次联合行动中，从印度水域的一艘船只上查获了 2,525 公斤高纯度冰毒，也称为冰毒，价值 1200 亿卢比。

查获毒品134袋。冰毒以每包一公斤的形式保存。

母船驻扎在海域的不同地点。较小的船只会从不同的国家出发，从母船上收集货物。

这批货物运往斯里兰卡、马尔代夫和印度。

关于作者

Dr. Binoy Gupta

作者以印度政府高级官僚身份退休。他拥有博士学位。法学以及大量研究生学位和文凭。他撰写了多本书并撰写了数百篇文章。本书是多年研究的成果。

www.ingramcontent.com/pod-product-compliance
Lightning Source LLC
LaVergne TN
LVHW041532070526
838199LV00046B/1637